禁断の華

鳥見役影御用

黒崎裕一郎
Kurosaki Yuichiro

文芸社文庫

目次

第一章　謎の留書

1

安永七年（一七七八）戊戌《つちのえいぬ》九月――。

旧暦の九月は新暦（グレゴリオ暦）の十月である。鉛色の雲がどんよりと垂れこめ、冬の気配をふくんだ風が寒々と吹き抜けてゆく。午《ひる》八ツ（午後二時）をまわったばかりだというのに、あたりは夕暮れのように薄昏《うすぐら》い。

銀色のすすきの穂が波うつ荒川の川原を、野袴《のばかま》姿の武士がひとり黙然と歩いている。身の丈五尺七寸、肩幅の広い、がっしりした体軀の男である。歳のころは二十五、六。彫りの深い端整な面立ちをしているが、どことなく翳《かげ》りをただよわせている。

名は乾兵庫《いぬいひょうご》、薄禄の幕臣である。

どこかで野焼きをしているのか、川原一面に夕靄《ゆうもや》がかかったように薄《うっす》らと煙がたゆたっている。兵庫はふと足を止めて、川岸にするどい眼を向けた。粗末な身なりの中年男が川岸の枯れ草のうえに腰をおろして、のんびりと釣り糸を垂らしている。

兵庫は、その男の背後に歩み寄るなり、

「訊ねたいことがある」

いきなり声をかけた。男がけげんそうに振り向く。

「十日ばかり前、このあたりで初老の侍の姿を見かけなかったか」

「お侍さま?」

「歳は五十二、中背の男だ。小鼻のわきに大きな黒子《ほくろ》がある」

「さあ……」

男が申し訳なさそうにかぶりを振って、

「このあたりは、ごらんのとおりの片田舎ですからねえ。お侍さまの姿なんてめったに見かけることはございません」

荒川の河畔には、荒涼たる原野と宏大な田畑が広がっている。ところどころに雑木林や灌木《かんぼく》の茂み、小さな藁葺《わらぶ》き屋根の農家が点在しているが、ざっと見渡したところ人影はおろか、野良犬一匹見当たらない。男のいうとおり、こんな辺鄙《へんぴ》な場所で武士の姿を見かけることはめったにないだろう。

兵庫が声をかけたのは、この男がはじめてではなかった。二丁ほど上流の岸辺で、投網《とあみ》を打っていた男にも同じことを訊ねたが、返ってきた答えはやはり同じだった。

「そうか。邪魔したな」

と踵《きびす》を返し、川原の草むらを踏み分けて土手を登り、兵庫は川下に向かって歩き出した。土手の南側に見える小さな集落は、尾久村《おぐむら》である。『風土記稿』には、

「尾久村は上下二村に分かれ、上尾久村は戸数百三十四、東は下尾久村、西は船方村、南は田端村、北は荒川をへだてて足立郡小台村《あだちごおりこだいむら》なり」

とあり、この土手道を東へ下ると「江戸四宿《ししゅく》」の一つ、千住宿に出る。

（今日も無駄足だったか……）

兵庫の顔には疲労の色がにじみ出ている。心なしか足取りも重い。川風に背中を押されるようにして歩度を速めた。

やがて前方に大きな橋が見えた。千住大橋である。

千住宿はこの橋を境にして北千住と南千住に分かれているが、宿駅としての中心は北千住（掃部宿《かもんじゅく》）であり、東海道の品川宿、甲州街道の内藤新宿につぐ宿場として賑わっていた。

先刻より、雲がさらに低く垂れこめ、宿場の家並みにはちらほらと明かりが灯っている。

千住大橋の南詰めに出た兵庫は、一瞬立ち止まって逡巡したあと、橋を渡って北千

住に足を向けた。

　宿場通りは芋《いも》を洗うような雑踏である。そのほとんどは奥州街道、佐倉街道、水戸街道を上り下りする旅人だが、吉原遊廓に近いこともあって、遊女屋通いの遊び客も少なくなかった。岡場所の小本を蒐集した『かくれざと』には、平旅籠《ひらはたご》（女郎を置かない旅籠）百四十一軒に対して、飯盛《めしもり》女郎屋が八十二軒もあったと記されている。

　白首女の嬌声、男たちの戯《ざ》れ声、安物の脂粉の香り、煮炊きの煙……、江戸市中の盛り場を彷彿とさせる喧騒と匂いが立ち込めている。

　兵庫は、宿場の南はずれの煮売り屋にふらりと足を踏み入れた。五、六坪ほどの小さな店である。中はもう夜だった。掛け行燈《あんどん》に灯が入り、すでに五、六人の男たちが酒を飲んでいた。行商人ふうの男もいれば、職人ふうの男、破落戸《ごろつき》らしき強面《こわもて》の男もいる。

　兵庫が入ってくると、それまで声高にしゃべっていた男たちがぷつりと口を閉ざし、いっせいに剣呑《けんのん》な視線を向けてきた。素浪人風情ならいざ知らず、宿場町のこんな薄汚い煮売り屋に身性《みじょう》正しい武士が立ち入ることは、めったにない。男たちが警戒するのも無理なかった。

　兵庫はそれを無視するように、素知らぬ顔で片隅の席に腰をおろし、燗酒《かんざけ》と野菜の煮つけを注文した。

「毎度ごひいきに……」

酒を運んできた小肥りの女が、兵庫の顔を見てなれなれしげな笑みを泛《う》かべた。兵庫がこの煮売り屋に立ち寄ったのは、今日で二度目である。「毎度」といわれるほど馴染みの客ではないが、女は兵庫の顔をしっかり憶えていた。

「どうぞ、ごゆっくり」

しなを作って、女が奥へ去った。

猪口に酒をついで一気に喉《のど》に流しこむ。湯で割った薄い酒だが、寒風に吹きさらされて体が冷えきっているせいか、胃の腑にじんわりとしみこむ。

(父はいったい何を探っていたのだろう?)

腹の底でつぶやきながら、兵庫は思わず苦笑した。四日前にこの煮売り屋に立ち寄ったときも、同じ言葉をつぶやいていた。それを思い出したからである。

兵庫の父・乾清右衛門《いぬいせいえもん》は、幕府の御鳥見役《おとりみ》をつとめていた。役高八十俵、御譜代納戸《なんど》前廊下席、御目見《おめみえ》以下の御家人である。

御鳥見役とは、将軍家の鷹場《たかば》がある葛西《かさい》、岩槻《いわつき》、戸田、中野、目黒、品川の六か所を巡回し、将軍の鷹狩りに先立って獲物がいるかどうかを見回ったり、鷹の餌《えさ》となる小鳥を捕獲するのが本務だが、一方では江戸近郊の地形を調査し、あるいは諸藩の下屋敷などを偵察するという、いわば隠密のような役割も果たしていた。

幕府の職員録ともいうべき『武鑑』を見ると、御鳥見役は定員二十二人で、二人の組頭に支配されている。役高は八十俵だが、ほかに野扶持《のぶち》五人口、伝馬金《てんまきん》十八両が支給される。「野扶持」は野営費、「伝馬金」は旅費といったところか。

十日前、清右衛門はいつものように朝五ツ（午前八時）に駒込千駄木《せんだぎ》の組屋敷を出て、持ち場の見回りに向かった。清右衛門の持ち場は葛西、岩槻、戸田である。その日は戸田方面を見回る、といって出ていった。

もともと清右衛門は寡黙な男だったが、三年前に妻の志津を膈《かく》の病（癌《がん》）で亡くしてから、口数がますます少なくなり、自宅ではめったに仕事の話をすることはなかった。

兵庫は独りっ子である。鳥見役は世襲制なので、嫡男は十五、六になると見習いとして父親について歩くのが通例となっていたが、清右衛門は息子の兵庫にそれを強要しなかった。

「若いうちに好きなことをやっておけ」

一言そういっただけである。

父の言葉に甘えて、兵庫は元服と同時に下谷御徒町《おかちまち》の心形刀流《しんけいとうりゅう》道場に通い、ひたすら剣の修行に励んでいた。できれば父の跡を継がずに、将来は剣で身を立てたいと、物心がついたときからそう思っていた。

　鳥見役は、しょせん薄禄の宮仕えにすぎない。職務のくわしい内容は知らないが、日々、薄汚れた野袴姿で山野を歩き回っている父の姿を想像すると、とても男が生涯をかけてつとめるべき仕事とは思えなかった。

　剣の道には、腕一本で名声が得られるという夢がある。新たな流派をひらき、道場を構え、多くの門弟を集めて一国一城のあるじにおさまる。剣で身を立てるとは、そういうことなのだ。清右衛門も兵庫の剣の天賦の才を見ぬいていたのだろう。「好きなことをやっておけ」といったのは、その才を伸ばしてやりたいという親心だったに違いない。

　兵庫が御徒町の道場から帰宅するのは、暮れの七ツ（午後四時）ごろである。すぐに風呂を沸かし、夕食の支度をととのえて父の帰りを待つ。母親の志津が病没して以来、それが兵庫の日課になっていた。

　清右衛門は、いつも判で押したように暮れ七ツ半（午後五時）には仕事からもどってくる。謹厳実直、愚直なまでに職務に忠実な父だった。疲れた素振りなど微塵も見せず、すぐさま風呂に入って汗を流し、兵庫がととのえた夕餉の膳の前に腰をおろして黙々と箸を運ぶ。酒は一滴も飲まないが、だからといって決して朴念仁《ぼくねんじん》の堅物ではなかった。

「おい兵庫、お前、女はいるのか？」

いきなりそんなことをいって、兵庫を面食らわせることもある。

「まあ、適当に……」

兵庫があいまいに応えると、

「安い女はやめておけよ。遊ぶなら吉原にかぎる」

と思わぬ大金をくれることもあった。そんな洒脱な一面もある父親だった。

十日前、その清右衛門が戸田方面に見回りに行くといって出かけたまま、深夜になっても帰って来なかった。

（父の身に何かあったのでは……？）

不安をいだきながら、兵庫はまんじりともせず一夜を明かした。

鳥見役はその職掌上、見回り先で何か不測の事態が発生した場合、そのまま野宿をしたり、近くの木賃宿に泊まったりすることが、稀にはある。そんなときのために組屋敷を出るときは、五両の金子《きんす》を財布に入れていくのが常だった。それが「野扶持」である。

結局、明け五ツ（午前八時）の鐘が鳴っても、清右衛門は帰って来なかった。

（午ごろには戻って来るだろう）

不安を払拭するようにつぶやきながら、兵庫は庭に出て薪《まき》を割りはじめた。父が帰宅したらすぐに風呂に入れるように、冷めた湯を沸かしておこうと思ったのである。

そこへ、

「わ、若、えらいことになりやした！」

紺の半纏《はんてん》に浅葱色《あさぎいろ》の股引き姿の初老の男が、血相変えて飛び込んできた。清右衛門の下で「餌撒《えまき》」をつとめている以蔵《いぞう》である。餌撒とは、鷹狩りの獲物を呼びよせるために、鷹場に餌を撒くのが表向きの役だが、実際には鳥見役の手先、つまり密偵をつとめていた。

「どうした？」

「せ、清右衛門さまが千住大橋の下で……」

死体で発見されたという。

「親父が……！」

いきなり脳天をぶちのめされたような衝撃をうけて、言葉もなく兵庫はその場に立ちすくんだ。が、すぐに気を取り直して、

「以蔵、案内してくれ」

「へい」

二人は身をひるがえして組屋敷を飛び出した。

半刻（一時間）後――。

兵庫と以蔵は、千住大橋の北詰めの橋番所の中にいた。土間には筵《むしろ》をかけられた清右衛門の死体が横たわっている。

橋番の老人の話によると、今朝方六ツ（午前六時）ごろ、川荷舟の船頭が千住大橋の橋脚に引っかかっている清右衛門の死体を見つけて舟に引き揚げ、橋番所に運びこんだという。

兵庫は崩れるように膝をついて、おそるおそる筵をめくった。

（親父……！）

あまりにも無惨な遺体だった。濡れた衣服が胸のあたりで切り裂かれ、上半身が朱泥をかぶったように血にまみれている。水死ではない。明らかに斬殺死体である。

傷は右肩口から左脇腹に達していた。袈裟がけに斬られたのだろう。あばら骨が見えるほど深い傷である。その傷口を見て、得物が刀であることを兵庫は瞬時に見抜いていた。

――侍の仕業か？

死体の襟元から手を差し込み、そっとふところをまさぐってみた。所持品は何もない。組屋敷を出るときに五両の金子を入れていった財布も消えていた。

「検死のお役人は、物盗りの仕業ではないかと……」

橋番の老人が低い、しゃがれ声でいった。

それには応えず、兵庫はよろめくように立ち上がると、かたわらに突《つ》い居る以蔵に、亡骸《なきがら》を組屋敷に運ぶように申しつけ、憑《つ》かれたようにふらりと橋番所を出ていった。

2

「宿場役人が総力を挙げて探索している。いずれ下手人は見つかるであろう」

清右衛門の野辺送りをすませたあと、直属の上司である御鳥見役組頭の刈谷軍左衛門《かりやぐんざえもん》が、慰撫するようにいった。軍左衛門は、父より三歳年長の五十五歳、恰幅のよい古武士然とした風貌で、性格も豪放磊落《ごうほうらいらく》、情義にあつい親分肌の男である。

「おぬしの気持ちはわかるが、いつまでも悲嘆にくれていても始まるまい」

真新しい位牌の前で、兵庫が悄然とうなだれている。

「これからは、おぬしが乾家の跡目を継いで、立派にお役目を務めなければならぬ。それが亡くなったお父上への何よりの供養だ」

「御支配……」

兵庫がゆっくり振り向いた。配下の鳥見役は組頭の軍左衛門をそう呼んでいる。

「家督相続の儀は、いましばらくご猶予のほどを……」

「猶予？」

軍左衛門がけげんそうに見返した。

家督を継げば、兵庫の剣の道の夢はついえる。家名を守るか、おのれの信念をつらぬくか、兵庫の胸中に深いためらいがあった。

「下手人が見つかるまで、何とぞ――」

「うむ」

とうなずいて、しばらく黙考したあと、

「わかった。公儀への届け出は、しばらく見合わせることにいたそう」

そう応えて立ち上がった。
二、三日もすれば下手人が見つかるだろう。家督相続の届け出は、それからでも遅くはあるまい、と軍左衛門は思った。

江戸の朱引《しゅび》き外《そと》（府外）に位置する千住宿は、勘定奉行の支配地である。

勘定奉行は道中奉行も兼任し、幕府直轄の五街道や宿場町の行政・治安を所管していた。従って、清右衛門殺しの探索には、町奉行所の同心ではなく道中奉行配下の道中方や宿場役人が当たっていた。ちなみに、この時代は「八州廻り」と呼ばれる広域捜査機関（関東取締出役）はまだ存在しなかった。八州廻りが創設されたのは、二十七年後の文化二年（一八〇五）である。

それから二日後の午ごろ……。

組屋敷の木戸門をくぐっていく小柄な中年男の姿があった。餌撒の以蔵である。

「ごめんなすって」

それを待っていたかのように、奥から兵庫が飛び出してきた。じつは、道中方のその後の探索経過が気になって、今朝はやく以蔵に千住宿の様子を探らせに行かせたのである。

「どんな様子だ？」

「それが妙なことに……」

あごの不精ひげをぞろりとなでながら、以蔵が不審げに首をひねった。

「道中方や宿場役人が動いてる気配がさっぱりねえんです」

「まさか探索を打ち切ったわけではあるまいな」

「じつは、そのまさかなんで」

「なに！」

「問屋場の下役人に探りを入れてみたところ、道中方は〝流れ者の仕業〟ってことで探索を打ち切ったそうです」

「そんな馬鹿な！」

思わず声を張り上げた。

「あれからまだ二日しか経ってねえんだぜ。流れ者の仕業だと決めつけるだけの確かな証《あかし》があるのか！」

噛みつくように詰問する兵庫に、

「のっけからやる気がねえんですよ。あいつらは……」

そういって、以蔵は力なくうなだれた。

「………」

兵庫は絶句したまま式台に立ちつくした。見ひらいた双眸にめらめらと瞋恚《しんい》の炎が燃え立っている。父を殺した下手人への憤りよりも、おざなりな捜査でお茶を濁し、はやばやと探索を打ち切った道中方への激しい怒りが腹の底から煮えたぎってくる。

道中方にかぎらず、昨今の幕府の役人たちの堕落・腐敗は目にあまるものがあった。

上は幕閣の重臣から、下は微禄の小吏にいたるまで、ひたすら自己保身と猟官《りょうかん》運動に血道をあげ、職務そっちのけで遊惰《ゆうだ》享楽《きょうらく》にふけり、利権に群がる商人どもから賄賂《わいろ》をむさぼる……。そんな時代だった。

〈役人の子はにぎにぎをよく覚え〉

〈役人の骨っぽいのは猪牙《ちょき》にのせ〉

これは腐敗した役人を痛烈に風刺した川柳である。後者は、小うるさそうな役人を吉原行きの猪牙舟にのせて（つまり女を抱かせて）骨抜きにする、という意味の句である。まさに士風の廃頽《はいたい》ここにきわまれりの感があった。

（腐ってる）

胸の中で唾棄《だき》するようにつぶやき、兵庫は両刀をひっ下げて憤然と組屋敷を飛び出した。

「若！」

以蔵があわてて追う。

「役人なんか当てにならねえ。おれがこの手で下手人を探し出す」

「け、けど……」

「親父の仇討ちだ。御支配には内緒にしててくれ」

いいおいて、小走りに木戸門を出ていった。引き止めるすべもなく、以蔵は門前に立ちつくしたまま、遠ざかる兵庫のうしろ姿を見送っていた。

その日から、兵庫は毎日のように千住宿に足を運び、南の小塚原町から北の掃部《かもん》宿《じゅく》まで、文字どおり地を這うように聞き込みに歩いた。

相手に警戒されぬように塗り笠で面体《めんてい》を隠し、聞き込みには細心の注意を払ったが、それにもかかわらず、千住の住民の口は一様に重かった。事件との関わりを避けているのか、それとも何者かに口止めをされているのか、まるで申し合わせたように知らぬ存ぜぬの一点張りである。

六日たっても、下手人に関する手掛かりや情報はまったく得られなかった。聞き込みに歩く兵庫の胸中には、失望と徒労感がつのるばかりである。道中方が推断したとおり、やはり「流れ者」の仕業だったのか……。

半ばあきらめて、聞き込みを切り上げようとしたとき、

(もしや)

兵庫の脳裏に稲妻のようにひらめくものがあった。

(父が殺されたのは、別の場所だったのではないか?)

あの日、清右衛門は戸田方面に見回りに行くといって出かけたまま消息を断った。とすれば、殺されたのは千住宿ではなく、荒川上流の戸田村の近辺ではなかったか。

死体の傷口からみて、下手人はかなり腕の立つ侍に違いない。迎え打つ間もなく、不意の一刀を浴びて荒川に転落したか、あるいは斬られたあと川に投げ込まれたか。いずれにせよ、その死体が下流の千住宿に流れつき、翌早朝、川荷舟の船頭に発見されたと考えればつじつまは合う。

翌日――。

兵庫は、駒込千駄木の組屋敷を出ると、千住には向かわず、中山道《なかせんどう》を北上して戸田に向かった。

四ツ（午前十時）ごろ戸田の渡しに着いた。そこから荒川沿いの道を下流に向かって歩きながら、河畔の畑で野良仕事をしている百姓や、川で漁《すなどり》をしている漁師などをつかまえて聞き込みをした。

戸田の渡しから田端村、上尾久村、下尾久村、三河島村、町屋村へ……。翌日も、翌々日も、兵庫は同じ行程をたどって聞き込みに歩いたが、結局、収穫は何もなかった。


「お代わりつけましょうか」

ふいに女の声がした。兵庫はわれに返って顔をあげた。

北千住掃部宿の煮売り屋の店内である。

さっきの小肥りの女が愛想笑いを泛かべて立っていた。二本の徳利はすでに空になっている。兵庫はかぶりを振って立ち上がり、卓の上に酒代をおいて、ふらりと出て行った。

「毎度ありがとうございます。またお立ち寄り下さいまし」

甲高い女の声に送られて、兵庫は千住大橋に歩を向けた。

すでに陽は西の空に没し、薄闇のただよう宿場通りには煌々《こうこう》と明かりが灯っていた。人の往来は先刻に増して激しい。

千住大橋をわたって南千住へと歩をすすめた。江戸方面から続々と人波がくり出してくる。そのほとんどは飯盛女郎を目当てに江戸市中から遊びに来た遊冶郎《ゆうやろう》である。吉原の格式張った遊びにくらべると、千住の女郎は玉代が安く、職人や人足などが安直に遊べる場所だった。

小塚原町をぬけると景色が一変する。つい寸刻前の喧騒が嘘のように、あたりは森閑と静まりかえっている。人家の明かりもなく、視界に映るのは無間《むげん》の闇だけだ。その闇の奥に竹矢来でかこまれた広場が見えた。小塚原の刑場である。

七年前の明和八年（一七七一）、前野良沢《りょうたく》や杉田玄白《げんぱく》が刑死者の腑分《ふわ》け（解剖）を行ったのがこの刑場だ。

刑場をすぎたところで、兵庫は背後にかすかな足音を聞いた。気にもとめず歩きつづけると、足音が急に速まり、またたく間に背後に迫ってきた。

背中に鋭い殺気を感じて、兵庫はゆっくりふり向いた。三つの黒影が二間ほど後方に迫っていた。いずれも凶悍《きょうかん》な面がまえをした浪人者である。垢《あか》まみれ木綿《もめん》の粗衣、伸びた月代《さかやき》、飢えた狼のように眼だけがぎらぎらと光っている。

「おれに何か用か？」

油断なく刀の柄頭に手をかけながら、兵庫が低く声をかけた。

「貴様、何を探っている」

野太い声が返ってきた。声のぬしは長身の浪人者である。

「別に……」

「とぼけるな！」

岩のようにがっしりした体つきの浪人が怒声を発した。そのかたわらで、

「貴様、公儀の探索方か」

もう一人が剣呑《けんのん》な眼で誰何《すいか》した。これは中背の色の浅黒い浪人である。

――公儀の探索方。

その一言で兵庫は浪人たちの正体を看破した。

「そうか。乾清右衛門を殺したのは貴様たちだな」

「問答無用！」

長身の浪人がいきなり抜刀し、猛然と斬りかかってきた。兵庫はとっさに一歩下がって切っ先を見切り、腰を落として抜きつけの一閃を下から放った。心形刀流《しんけいとうりゅう》の秘技「地生《ちしょう》ノ剣」である。敵が上から斬り下ろしてくるところを、入身《いりみ》となって腰を落とし、下から敵の右の手へ切っ先を当て、そのまま右上に斬り上げるのが「地生ノ剣」、反対に左から斬り上げるのを「逆ノ地生」という。

切断された浪人の右手首が刀をにぎったまま、血しぶきをまき散らして飛んでいった。手首を失ったその浪人は、奇声を発しながら地面をのたうちまわっている。このまま放っておけば、とどめを刺さなくとも血を失っていずれ死んでいくだろう。

「おのれ！」

左右から同時に斬撃がきた。と見た瞬間、兵庫は脇差を抜きはなって、左の切っ先をはね上げ、膝をついて右の斬撃をかわすや、横一文字に刀を払った。一人が脇腹を裂かれて仰向けに転がった。岩のようにがっしりした体軀の浪人者である。切り裂かれた傷口から白いはらわたが飛び出し、泉水のように血が噴き出していた。

それを見て、残る一人が怯えるように後ずさった。すでに剣尖《けんせん》から闘気が失せている。兵庫はすかさず浪人の鼻面にぴたりと切っ先を突きつけた。

「た、頼む。見逃してくれ」

浪人が哀訴するようにいった。声がかすかに震えている。

「もう一度訊く。乾清右衛門を殺したのは貴様らか」

「違う。わしらではない」

「では、誰だ？」

「……知らぬ」

「死んでもいいえぬか」

「し、死ぬのは……」

口ごもりながら浪人が顔をゆがめた。と、次の刹那、

「貴様のほうだ！」

叫ぶなり、死に物狂いで斬りかかってきた。が、それより迅《はや》く、兵庫の刀が浪人の首筋を薙《な》いでいた。頸《くび》の血管《ちくだ》が断ち切られ、びゅっと音を立てて血が奔出する。浪人は突んのめるように倒れ伏した。噴き出した血で全身が真っ赤に染まっている。

やがて浪人は四肢をひくひくと痙攣《けいれん》させながら息絶えた。それでも噴き出す血は止まらない。たちまち地面に血だまりができた。

三つの死体に冷やかな一瞥をくれると、兵庫は刀の血ぶりをして鞘《さや》に納め、足早にその場を去った。どうせあの浪人たちの死骸も、道中方や宿場役人の手でうやむやに処理されるに違いない。

3

初めて人を斬った。しかも三人……。

惨殺といっていい酷《むご》い斬り方である。あの瞬間のおぞましい光景が瞼《まぶた》の裏に鮮烈に焼きついている。なのに人を斬ったという実感がまったくなかった。心の昂《たかぶ》りも動揺

もない。なぜか妙に意識が冷めていた。

道場の剣で人を斬るのは難しい、と剣友はいう。

だが、兵庫は造作もなく三人の浪人を斬り捨てた。どう斬ったかはよく憶えていない。体が勝手に動いたのだろう。邪念を捨てて無の境地になれば、人を斬るのは思いのほか簡単だ。そして思いのほか人は簡単に死んでゆく。

(父もあんなふうに簡単に死んでいったのだろうか)

そんなことを考えながら、夜道を歩きつづけた。

吉祥寺の裏手にさしかかったとき、兵庫の脳裏に卒然と別の思念がよぎった。

(あれはまずかった……)

三人目の浪人を斬ったことである。不意の反撃を受けて咄嗟に斬り殺してしまったが、いま思えばあの男は生かしておくべきだった。生かして責め立てれば口を割ったかもしれぬ。とどめを刺すのはそれからでも遅くはなかったのだが……

(仮に生かしておいたとしても、果たしてあの男は素直に口を割っただろうか)

そうも思った。口を割らなければ斬り捨てるだけである。どっちに転んでもあの浪人は死ぬ運命にあったのだ。

——ゴーン、ゴーン……。

遠くで時の鐘が鳴っている。五ツ(午後八時)を告げる巣鴨稲荷《すがもいなり》の鐘である。

鬱蒼《うっそう》と生い茂る雑木林を抜けると、ほどなく前方にちらほらと人家の明かりが見えた。鳥見役の組屋敷である。昔はこのあたり一帯が未開の林野地で、幕府の御料林もあった。ここから一日に千駄の薪《たきぎ》が伐り出されたところから「千駄木」の地名がついたという。

千駄木に町屋が許されたのは三十三年前の延享二年（一七四五）である。動坂《どうざか》神明宮の北には将軍家の鷹を飼う御鷹屋敷もあった。鳥見役と御鷹匠はまったくの別組織だが、役務の上では緊密な連携が必要だった。それで御鷹屋敷の周辺に鳥見役の組屋敷が建てられたのである。

組屋敷の木戸門をくぐろうとしたとき、ふと兵庫の足が止まった。誰もいないはずの居間の障子にほんのりと明かりがにじんでいる。

（誰だろう？）

油断なく刀の柄に手をかけて、そっと三和土《たたき》に足を踏み入れた。その瞬間、

「兵庫か」

奥から嗄《か》れた声がした。聞きなれた声だった。兵庫はほっと胸をなでおろして野袴のほこりを払い、奥の部屋に向かった。

襖を引きあけて中に入ると、組頭の刈谷軍左衛門が行燈《あんどん》のかたわらに胡座《こざ》して酒を飲んでいた。膝元に一升徳利がおいてある。どうやらその酒は自分で持ってきたもの

らしい。

「御支配……」

腰をおろして、軽く一礼すると、

「まあ、飲め」

軍左衛門が飲み干した猪口をぬっと差し出した。黙って受けとった。

「どこにいっておった？」

猪口に酒をつぎながら、軍左衛門が探るような眼で訊いた。

「道場の帰りに、ちょっと寄り道を……」

「千住宿か」

図星をさされて、兵庫は狼狽した。

「実は……」

あわてて言いつくろおうとすると、それを制するように軍左衛門が言葉をかぶせた。

「父上の意趣晴らしも結構だが、おぬしにはそれより大事な務めがある」

「………」

「まず家督を継ぐことだ。乾の家名を絶やさぬためにもな」

「しかし……」

反論しようとすると、軍左衛門の口から意外な言葉が返ってきた。

「下手人探しは、それからじっくりやればよい」

兵庫は虚をつかれたような顔で軍左衛門を見返した。

「跡目相続の手続きが済んだら、しばらくおぬしを役目から外してやろう。むろん伝馬金や野扶持は従前どおり支給する。心おきなく探索に専念するがよい」

つまり、下手人が見つかるまで鳥見役の本務から外してやる、というのだ。

「どうだ？　それで手を打たんか」

「御支配……」

言葉につまって、兵庫は黙って頭を下げた。軍左衛門の心づかいが身にしみて嬉しかった。そこまで考えてくれていたのである。

「それにしても……」

軍左衛門がほろ苦い笑みを泛かべながら語をついだ。

「わしの読みが甘かった。勘定奉行の配下が総出で探索に動けば、早晩、下手人は挙がるだろうと思っていたのだが……」

その期待は見事に裏切られた。結局、何の手がかりも得られぬまま、道中方の探索はわずか二日で打ち切られたのである。

これにはさすがの軍左衛門も怒りを越えてあきれるばかりだった。

「もはや役人どもは当てにならぬ。鳥見役の意地と面子《メンツ》にかけて、必ずおぬしの手で下手人を探し出すのだ」

　そういって、軍左衛門は空になった兵庫の猪口に酒をついだ。

「一つ、お訊ねしたいことが……」

　酌を受けながら兵庫が訊いた。

「何だ？」

「父は見回り先でいったい何を探っていたのですか？」

「………」

　軍左衛門は応えなかった。いや応えられなかった。

　清右衛門は口の固い慎重な男だった。悪くいえば独断専行。おのれの眼で真実を見きわめないかぎり、決して軽々しく口には出さない。そういう男だった。今回の件に関しても、軍左衛門にはいっさい報告がなかった。

「清右衛門どのが何を探っていたのか、わしにも分からんが……」

　うめくようにいった。

「何者かがそれを阻止しようとして清右衛門どのを闇に屠《ほふ》ったとすれば、わしとしても座視するわけにはまいらぬ」

「………」

「この事件には裏がある。それを探るのが、おぬしのもう一つの仕事なのだ」

つまり、清右衛門殺しの下手人を見つけることだけではなく、事件の背後にひそむ謎を究明しろ、というのだ。

「ただし、この事はかまえて他言ならぬ。おぬしだけに与えた極秘の任務、すなわち『影御用』と心得てくれ」

「影御用……？」

これは軍左衛門の独断である。前述したように、鳥見役は河川や山野の地形を調べたり、江戸近郊の大名の下屋敷などを偵察する隠密的役割は担っていたが、事件そのものを探索したり、犯罪者を捕縛したりする権限はなかった。幕府の大目付や目付、町奉行所をさしおいて犯罪捜査をすれば、当然越権行為になる。したがって、あくまでも「影御用」は、軍左衛門と兵庫の間でかわされた黙契なのである。

分かったな、といいたげに軍左衛門は兵庫の顔を見据えた。


翌日――。

寒風が吹きすさぶ荒川の川原に兵庫の姿があった。いつものように野袴、草鞋《わらじ》ばきというないでたちである。

灰色の分厚い雲が低く垂れこめ、川原に群生した葦《よし》が寒々と波打っている。

この日は朝から一段と冷え込みが厳しかった。さすがに川で漁《すなどり》をする漁師の姿も、畑で野良仕事をする農夫の姿も見当たらない。

兵庫は土手を登って東（下流）に足をむけた。

この土手道も何度となく通った道である。土手の上から見わたす景色は樹木一本草株ひとつにいたるまで克明に記憶に焼きついている。

（三河島村に行ってみるか）

ふと思い立ち、土手の反対側の斜面を下りて枯れ野に足を踏み入れた。

尾久村から三河島村にいたる河畔地帯には、植木屋が多く住んでいる。過去に幾度となく荒川が氾濫したために土が肥えているからであろう。後年、このあたりでは菊の栽培も盛んに行われるようになった。

枯れ野を踏みわけてしばらく行くと、突然、爪先にコツンと何かが当たった。思わず歩を止めて足もとに目をやった。

枯れ草の中に古びた黒漆《くろうるし》塗《ぬ》りの印籠《いんろう》が転がっている。拾い上げて見た。

（これは……！）

兵庫の顔が凍りついた。印籠に記された金紋は乾家の家紋「梅鉢」だった。まぎれもなく父・清右衛門が所持していた印籠である。

（父はここで襲われたのか……）

腹の底でつぶやきながら、するどい眼で周囲を見まわした。

視界一面、荒寥《こうりょう》と広がる枯れ野である。はるか彼方に、植木屋の住まいらしい藁葺き屋根の小さな百姓家が二つ三つ点在しているが、人影はまったく見当たらない。こんなところで賊に襲われたとすれば、目撃した者は、まずいないだろう。

兵庫の悪い予感は的中した。父はここで何者かに殺されて荒川に投げ捨てられたのだ。父の無念を思うと、改めて腹の底からふつふつと怒りがたぎってくる。

4

一刻（二時間）後――。

兵庫は浅草聖天下《しょうてんした》の雑踏の中を歩いていた。空をおおっていた分厚い雲がいつの間にか薄雲に変わり、西の端に残照がにじんでいた。

急に空腹をおぼえて、通りすがりのそば屋に入った。

夕めし時にはまだ早いせいか、店内は空《す》いていた。近所の隠居らしき老人がひとり、手酌で酒を飲んでいる。

兵庫は奥の席に腰を下ろして盛りそばと冷や酒を注文すると、ふところから例の印籠を取り出して、しみじみと見つめた。

父の清右衛門は疝気《せんき》持ちだった。疝気というのは、腹部内臓器官の潰瘍《かいよう》や寄生虫症、胆石症などの総称である。清右衛門はそのための常備薬を印籠に入れて、肌身離さず持ち歩いていた。

（それにしても……）

千住の橋番所で父の亡骸《なきがら》を見たとき、印籠がなかったことになぜ気がつかなかったのか。

おのれのうかつさを後悔しつつ、兵庫は印籠の蓋《ふた》をあけてみた。黒い丸薬が詰まっている。熊の胆《い》であろう。かなり強烈な匂いがする。丸薬に混じって、小さく折り畳んだ紙片が入っていた。つまみ出して広げて見ると、

〈つがる〉
〈よねざわ〉
〈ともえ〉
〈やきち〉

紙片には小さな字でそう記されてあった。父の留書《とめがき》（メモ）である。

「つがる」を津軽、「よねざわ」を米沢、「ともえ」を巴、「やきち」を弥吉、と漢字に置き換えてみた。津軽と米沢は陸奥《むつ》の藩名、巴は女の名、弥吉は男の名と解釈できる。だが、この四つの文字に一体どんな関連性があるというのか。

どう考えても、その謎は解けなかった。

聖天下のそば屋を出ると、その足で兵庫は下谷広小路に向かった。餌撒の以蔵を訪ねようと思ったのである。ついさっきまで西の空をあかね色に染めていた残照もすっかり消えて、外は漆黒の闇に領されていた。

以蔵の長屋は、下谷広小路ちかくの新黒門町にあった。俗にいう「九尺二間《くしゃくにけん》」の棟割り長屋である。かみさん連中が夕飯の支度をしているのか、あちこちの軒端から細い炊煙《すいえん》が立ちのぼっている。長屋木戸をくぐり、どぶ板を踏んで路地の奥に向かった。突き当たりの右奥が以蔵の住まいである。

「以蔵、いるか」

戸口で声をかけると、

「へい」

と低い声が返ってきた。腰高障子をがらりと引きあけて中に入る。

奥から以蔵が出てきて、

「むさ苦しいところですが、どうぞ」

すばやく兵庫を部屋に招じいれた。部屋といっても四畳半の板間である。奥に同じ広さの畳部屋があるが、そこには煎餅《せんべい》布団がしきっぱなしになっていた。

「何か急な御用でも?」

茶をいれながら、以蔵が訊いた。

「お前に折入って頼みたいことがある」

「へい。何なりと……」

「じつはな」

兵庫はふところから印籠を取り出した。それを見たとたん、以蔵の顔がこわばった。

「その印籠は清右衛門さまの……！」

「尾久の草むらで見つけた」

「す、すると、やはり」

「親父はそこで殺されて荒川に投げ捨てられたに違いない」

「ひでえことを……」

以蔵は憤怒で体を震わせた。四十六年の人生の大半を父・清右衛門の手先として忠勤してきた男である。下手人への怒りや憎悪は兵庫以上に強いものがあるのだろう。

「これを見てくれ」

兵庫が印籠の中から紙片を取り出して、以蔵の前に広げた。以蔵はいぶかる眼で紙片に書かれた文字を凝視した。

「親父の留書だ。〝つがる〟は津軽藩、〝よねざわ〟は米沢藩を指すのかもしれぬ」

「へえ」

「〝ともえ〟は女の名、〝やきち〟は男の名とみて間違いあるまい。この名に心当たりはないか」

「さあ……」

以蔵は思案顔で首をふった。

「このところ、清右衛門さまからの御用は承っておりませんでしたから」

「そうか」

鳥見役の手先といっても、以蔵は幕府の下役人ではない。清右衛門が個人的に雇った男である。若いころは浅草界隈で名の知れた岡っ引の下で働いていた。いわゆる下っ引である。そのころから以蔵は江戸の裏社会に顔が利いた。そこを見込んで、清右衛門が親分の岡っ引からゆずり受けたのである。

「で、あっしに頼みというのは？」

以蔵が改まって訊いた。

「この二つの藩の屋敷に、〝巴〟という名の女と〝弥吉〟という名の男がいるかどうか、調べてもらいたいのだ」

「おやすい御用で……」

自信ありげに以蔵は小鼻をふくらませた。

諸大名の江戸藩邸や旗本屋敷は、町奉行所の手がおよばぬ治外法権だが、抜け穴はいくらでもあった。以蔵は武家屋敷に出入りする小商人《こあきんど》や渡り中間《ちゅうげん》、下女などにも手づるをもっていた。この程度の「仕事」はお手のものである。

「じゃ、頼んだぜ」

湯飲みに残った茶をごくりと飲みほして、兵庫は腰をあげた。

以蔵の長屋を出ると、兵庫は池之端《いけのはた》に足を向けた。仲町に行きつけの小料理屋がある。その店で軽く酒を飲んでいこうと思った。新黒門町から池之端までは指呼の距離だった。

不忍池《しのばずのいけ》のほとりに出た。夜のとばりの奥に漁火《いさりび》のように明かりがきらめいている。この界隈は料亭や茶屋、小料理屋、居酒屋などが多く、人の往来も絶えまがない。

仲町の路地を曲がりかけて、兵庫はふと足を止めて前方に目をやった。人波の中に、仲むつまじげに寄りそって歩いている男女の姿があった。男は二十五、六の長身の武士、女は十八、九の楚々とした美人である。

(誠四郎《せいしろう》ではないか)

武士は、勘定勝手方をつとめる正木《まさき》誠四郎だった。湯島の昌平坂学問所「昌平黌《しょうへいこう》」でともに学んだ仲である。兵庫が意外に思ったのは誠四郎ではなく、むしろ連れの女のほうだった。

（八重どの……！）

女は、組頭・刈谷軍左衛門のひとり娘・八重だった。兵庫とは同じ千駄木の組屋敷で生まれ育った幼なじみである。

厳格な父・軍左衛門とつつましやかな母・佐和のもとで育てられた箱入り娘で、少なくとも兵庫の知るかぎり、男のうわさ一つ立ったことがなかった。その八重が正木誠四郎とひそかに交際していたとは……。

狐につままれたような顔で立ちつくしていると、

「おう、兵庫ではないか」

目ざとく気づいて、誠四郎が声をかけてきた。兵庫よりやや背が高く、逞しい体つきをしている。八重は気まずそうに顔を伏せて、そそくさと誠四郎から離れていった。

それをちらりと横目で見ながら、

「八重どのから聞いた。お父上がとんだ災難に遭われたそうだな。後日、あらためてお悔《く》やみに行く」

小声でそういうと、誠四郎は八重のあとを追って小走りに去った。

見送る兵庫の胸に、何かやり切れぬ想いがこみ上げてきた。悋気《りんき》とも、妬《ねた》みとも、悔しさともつかぬ複雑な感情である。

昌平黌時代から、兵庫と誠四郎は互いに競い合いながら文武両道に励んできた。

二人とも人一倍負けん気の強い男である。誠四郎が牛込の直心影流《じきしんかげりゅう》道場に通いはじめると、兵庫も負けじとばかり、御徒町《おかちまち》の心形刀流道場に通って剣の腕をみがいた。

(あの男にだけは負けたくない)

それだけを目標にして学業と武道に努力精進してきたのだが、しかし、そんな兵庫にも一つだけ、どう頑張っても誠四郎には絶対に勝てないものがあった。

家格である。

誠四郎の家は三河以来の直参で、代々勘定勝手方をつとめてきた。

勘定勝手方は勘定奉行の支配に属し、おもに河川橋梁などの普請・修復の検分にあたる役職で、役高は百五十俵、焼火之間席の御目見《おめみえ》である。御目見とは、将軍に謁見できる身分をいい、御目見以上を旗本、以下を御家人という。

武士社会の厳しい階級制度の中で、御目見以上の旗本と御目見以下の御家人とでは、文字どおり天と地ほどの差があった。

旗本には出世栄達の途がある。だが、御目見以下の御家人にはそれがない。一代かぎりの抱え席か、もしくは世襲制である。つまり、どんなに職務に忠勤し、どんなに功労をつくしても、御家人は生涯御家人の身分から脱することができない仕組みになっていた。

乾家は役高八十俵の御家人である。正木家とはわずか七十俵の差だが、両者の身分の懸隔は、どうあがいても埋めることはできなかった。

もって生まれた宿運、といってしまえばそれまでなのだが、物心つくころから兵庫はその宿運を恨み、呪った。父の跡目を継ぐのを嫌ったのもそのためである。家名を棄て、家禄を棄ててでも剣で身を立てたい。子供のころからそう思っていた。

一方の正木誠四郎は、三年前に退隠した父の跡を継いで勘定勝手方をつとめていた。現代《いま》ふうにいえば大蔵省の官僚である。役得も多く、羽振りのいい役職だった。そのせいか、誠四郎の周辺には、つねにうさん臭い連中が群がっていた。そんな誠四郎に、いつしか兵庫は嫌悪感さえいだくようになっていた。

（誠四郎と八重どのが……）

二人の関係がまだ信じられなかった。信じたくもなかった。池之端界隈は出逢茶屋が多い。まさかとは思いつつも、脳裏のすみに誠四郎と八重が淫《みだ》らにからみ合う姿が去来した。そのたびに胸の底から苦いものがこみ上げてくる。何か大切なものを汚されたような悔しさであり、虚しさだった。

兵庫は苛立つように路地の奥へ足を運んだ。半丁ほど先に『如月《きさらぎ》』の軒行燈が見えた。戸口のわきに呉竹《くれたけ》を寄せ植えにした坪庭がある。見るからに小粋な店である。がらり、格子戸を引きあけて中に入った。

「いらっしゃいまし」

奥から艶《つや》っぽい声が飛んできた。この店の女将《おかみ》・お峰《みね》の声である。店内にはお店者《たなもの》ふうの男二人と、町儒者らしき老人が一人いた。

「あら、兵庫さま、おひさしぶり。どうぞ奥へ……」

お峰が艶然と笑みを浮かべて、奥の小座敷《こあがり》に案内した。歳は二十三。男好きのするあだっぽい女である。五年ほど前、深川で芸者をしていたと聞いたが、それ以上くわしいことは何も知らなかった。兵庫がこの店に通いはじめたのは、去年の秋ごろからである。

「ずいぶんとお見かぎりでしたこと」

酌をしながら、お峰がすねるような眼で兵庫を見た。

「半月ぶりかな」

「いいえ、ひと月ぶりですよ」

「そうか。ひと月になるか……」

「少しお痩せになったみたい。何かあったんですか？」

「いや、別に……」

あえて事件の話はしなかった。お峰もそれ以上は訊こうとしない。そのとき格子戸の開く音がして、がやがやと数人の客が入って来た。

「おかみ、お客さんだよ」

板前の喜平の声に「はーい」と応えて腰を上げながら、

「ひさしぶりにお見えになったんですから、ゆっくりしていって下さいね」

ささやくように言って、お峰は去った。

兵庫は腰の両刀を外して畳の上に置くと、手酌で飲みはじめた。またたく間に銚子が二本空になった。連日の探索の疲れが出たのか、小座敷の壁にもたれているうちに、ふいに睡魔が襲ってきた。

5

どれほど眠っただろうか。

かすかな声で眼が醒めた。すでに店内の灯が消えていて、小座敷の行燈《あんどん》だけがほの暗い明かりを散らしている。

「兵庫さま……」

耳もとで、またかすかな声がした。

兵庫はむっくり起き上がった。眼の前に微笑をふくんだお峰の白い顔があった。眠っている間にお峰が掛けてくれたのだろう。肩からはらりと搔巻《かいまき》がすべり落ちた。

「こんなところでうたた寝をしたら風邪をひきますよ」

「いま何刻だ？」

「四ツ（午後十時）をすぎたばかりです。もうお店は閉めました」

「そうか。すっかり邪魔してしまったな」

といって立ち上がろうとすると、

「兵庫さま」

お峰の手が兵庫の袂を引いた。

「せっかく二人きりになったんですから、一杯付き合って下さいな」

「酒はもうよい」

「わたしが飲みたいんですよ。それとも……」

上目づかいに兵庫の顔を見て、お峰はいきなりしなだれかかってきた。

「抱いてくれます？」

「………」

お峰の甘い香りが、兵庫の鼻孔をくすぐった。うなじのおくれ毛が妙に色っぽい。

兵庫は何度かお峰を抱いたことがある。見かけはほっそりしているが、裸になると意外に乳房や腰まわりは豊満で、男心をそそる体をしていた。

お峰は甘えるように鼻を鳴らしながら、両腕を兵庫の首にからめて唇を押しつけてきた。やや厚めのぽっちゃりした唇である。やわらかい舌がまるで別の生き物のように兵庫の口中でうごめいている。唾液も甘い。舌と舌をからめながら、兵庫はお峰の襟元に手をすべり込ませた。

手のひらに豊かな乳房の感触があった。それをわしづかみにしてゆっくり揉みしだく。乳首が梅の実のように固くなってゆく。

お峰は体をくねらせながら、かすかなあえぎ声をもらした。右手で乳房を愛撫しつつ、左手でお峰の着物の下前をはぐった。肉付《ししづ》きのよい太股があらわになる。

兵庫の手がゆっくり股の付け根にすべり込んでゆく。そこに一叢《ひとむら》の茂みがあった。絹のように滑《なめ》らかな手触りの秘毛である。

「あっ」

お峰が小さな声を発した。兵庫の指先が秘孔に入っていた。肉ひだの奥はもうしとどに濡れている。お峰は激しくあえぎながら、弓のように上体をのけぞらせ、一方の手を兵庫の袴《はかま》に差しこんできた。下帯の間から一物をつかみ出して、しなやかな指で愛撫する。絶妙の指技だった。たちまちそれが怒張してきた。

「兵庫さま……」

「何だ」

「横になって」

「うむ」

いわれるまま、兵庫は畳の上に仰臥した。そのかたわらに膝を崩して、お峰は兵庫の袴を脱がせ、下帯を解いた。黒々と隆起した一物が天を突かんばかりに垂直に屹立《きつりつ》している。それをいとおしげに愛撫しながら、

「ふふふ、こんなに大きくなって……」

お峰はそっと口にふくんだ。

「うっ」

思わず兵庫はうめき声を発した。激烈な快感が体の深部からせり上げてくる。いましもそれが炸裂しそうになったとき、

――トン、トン、トン。

店の格子戸を叩く音がした。気をそがれたようにお峰が顔を上げて、

「こんな時分に誰かしら？」

小首をひねりながら立ち上がった。兵庫もあわてて体を起こし、袴をずり上げていずまいを正した。と同時に格子戸を開ける音がして、

「あら、お袖《そで》ちゃん。どうしたの？」

お峰の声が聞こえた。二言三言、小声で話し合ったあと、お峰が若い女を連れて小座敷にやってきた。色白の十八、九の娘である。

「深川のお茶屋さんで働いているお袖ちゃん。昔からの知り合いなんです」

お峰が紹介すると、

「お袖と申します。おくつろぎのところ申しわけありません」

娘がぺこんと頭を下げた。茶屋づとめをしているわりには純情そうな娘である。

「ちょっと事情《わけ》があって、しばらくここに置いてもらえないかって」

お峰が済まなそうにそういった。女同士の込み入った話でもあるのだろうと思い、

「そうか。では、おれはそろそろ退散しよう」

兵庫は両刀をとって腰をあげた。

「ごめんなさいね。また今度ゆっくり」

お峰が未練たっぷりの面持ちで兵庫を送り出した。


刈谷軍左衛門が兵庫の組屋敷を訪ねてきたのは、それから三日後の昼下がりだった。

「すぐ茶の支度を……」

兵庫が立とうとすると、軍左衛門はそれを制するように手をふって、

「茶はいらん。まあ、座れ」

「はあ」

うなずいて軍左衛門の前に着座した。

「家督相続の儀、正式に公儀からお許しが出たぞ。本日をもって、おぬしは乾家の当

主になった。家名を汚さぬように職務に精勤してくれ」

型通りの申し渡しをすると、軍左衛門はふいに膝を乗り出して、

「ところで……」

と声をひそめた。

「その後、何か分かったか？」

「はい。尾久村のちかくの草むらで父の印籠を……」

応えて、兵庫は手文庫から印籠を取り出し、中に入っていた紙片を軍左衛門の前に差し出した。軍左衛門は腕組みをしたままじっと紙片の文字を見つめた。

しばらくの沈黙があった。その間、兵庫は別のことを考えていた。八重のことである。

（御支配は八重どのと誠四郎の仲を知っているのだろうか？）

そのことが気になった。あの二人が将来添いとげるつもりでいるのなら、当然軍左衛門も二人の付き合いを知っているはずだ。

（それとも……）

八重は父親に内緒で誠四郎と付き合っているのだろうか。だとすれば、なぜ八重はそのことを打ち明けられないのか。父親に知られてはまずい事情でもあるのか。

ぼんやりそんなことを考えていると、ふいに軍左衛門が顔をあげて、

「これは……何かの符丁かもしれんな」

ぼそりとつぶやくのへ、兵庫がすかさず応えた。

「〝津軽〟と〝米沢〟は藩の名ではないかと……」

「だとすれば、厄介な相手だな」

陸奥国・津軽藩は津軽氏四万六千石、出羽国・米沢藩は上杉氏十五万石。いずれも東北の外様大名である。鳥見役ごときが太刀打ちできる相手ではない。

「へたに動けば大火傷《やけど》をする。よいな兵庫、くれぐれも慎重にやってくれよ」

「心得ています」

「探索の手は足りておるのか」

「以蔵に探りを入れさせているところです」

「そうか。もし手が足りぬ場合はいつでも言ってくれ」

「はい」

軍左衛門が帰ったあと、兵庫は奥の四畳半の部屋に向かった。

そこは父の清右衛門が書斎代わりに使っていた部屋である。窓際に小さな文机があり、右わきの壁には書棚がしつらえてあった。

父は勤めから帰ってくると、すぐこの部屋に引きこもり、文机に向かって筆を走らせていた。そんな父の姿を思い浮かべながら、兵庫は書棚に並んだ分厚い綴りを一冊ずつ取り出して開いてみた。

父の存命中は、家督を継ぐ気などはさらさらなかったし、父がどんな仕事をしていたのかも知らなかった。たった今、組頭の軍左衛門から跡目相続を申し渡されて、あらためて兵庫は生前の父の仕事を知りたいと思ったのである。

書棚に並んだ綴りのほとんどは、見回り先の地形や河川を細密に描いた絵図や、各所の鳥獣の分布図などである。

その中に一冊だけ、日々の行動を書き留めた「職務日誌」のようなものがあった。頁ごとに日付と場所が記され、「薄曇り、風つよし」とか、「変わりなし」などと簡単な記入があるだけで、とくに目をひくような記述は見当たらなかった。

その綴りを繰っていると、頁の間からひらりと何かが舞い落ちた。紅紫色の花びらである。押し花のように薄く、色もややあせているが、花びらの形は崩れていない。

(何の花だろう?)

見たことのない花だった。花びらがはさまっていた頁の日付は、今年(安永七年)の四月十五日となっている。奇妙なことにそれ以降の頁は空白になっていた。

鳥見役という職掌柄、清右衛門は野草や野花にも造詣が深かった。見回り先でめずらしい草花を見つけたりすると、それを持ち帰って鉢植えにし、丹精こめて育てていた。そうやって育てた草花の鉢が、いまも庭前にずらりと並んでいる。いま思えばそれが父の唯一の趣味だったような気がする。

　おそらくこの「押し花」も父の個人的な趣味で採取してきたものだろう。手のひらの紅紫色の花弁を見つめながら、兵庫はそう思った。と、そのとき、

「ごめんなすって」

　ふいに玄関で以蔵の声がした。花びらを綴りの間にもどすと、兵庫は部屋を出て、以蔵を居間に通した。

「どうだ？　調べはついたか」

「それが……」

　と言いよどみながら、

「津軽藩の屋敷にも、米沢藩の屋敷にも『巴』や『弥吉』って名の奉公人はおりやせん」

　以蔵は苦い表情でかぶりをふった。

「中屋敷や下屋敷も調べたのか」

「へい。念のために屋敷奉公をやめていった連中も虱《しらみ》つぶしに洗ってみたんですが、そういう名の奉公人は一人も……」

「いなかったか」

「へえ」

とすると、あの紙片に記された四つの名は、一体何を意味するのか。軍左衛門が指摘したように、何かの符丁だとすれば、その謎を解く鍵はどこにあるのか。

宙に眼をすえて兵庫が沈思していると、

「ひょっとして……」

以蔵がぽつりとつぶやいた。

「〝つがる〟と〝よねざわ〟は、商人《あきんど》の屋号じゃねえでしょうか」

「なるほど」

江戸には「津軽屋」とか「米沢屋」という屋号の商家はざらにある。

「いっぺん、その線を調べてみやす」

と言うや、以蔵はひょいと腰を上げて素早く部屋を出ていった。さすがに清右衛門が見込んだだけのことがあって、勘働きもいいし、小回りのきく男である。

（さて……）

と腰を上げ、遅い中食《ちゅうじき》をとるために、兵庫は組屋敷を出た。

駒込から谷中へ抜ける団子坂下に、鳥見役の下役人たちがよく行く『たぬき』というめし屋がある。以前はどこぞの武家屋敷で賄いをしていたという老夫婦が店を切り盛りし、昼はめし屋、夜は居酒屋として繁盛していた。老妻の手料理が評判の店である。

団子坂の坂上にさしかかったときだった。

背後に人の気配を感じて、兵庫は不審げにふり返った。若い女が小走りにやってくる。

「八重どの……！」

思わず足を止めた。八重が息をはずませて小走りに駆けよってきた。

「わたしに何か？」

「お願いがございます」

肩で息をととのえながら、八重がすがるような眼で兵庫を見た。

「先夜のことは、父に内緒にしておいてもらいたいのです」

「お父上に知られてはまずいことでも？」

「いえ、別にそういうわけでは……」

口ごもった。その表情には明らかに困惑の色がにじんでいる。

「父にはまだ何も話していないので……、でも、いずれは打ち明けるつもりです。それまで誠四郎さまのことは、どうか内緒にしておいて下さい」

「……わかりました」

兵庫が微笑を浮かべて見返した。

「何も見なかったことにしましょう」

「兵庫さま……」

「約束しますよ」

「ありがとうございます」

ぱっと顔を耀《かが》やかせて一礼すると、八重はくるりと背を返して走り去った。遠ざかる八重のうしろ姿を見送りながら、

（やはり、そういうことか……）

兵庫は暗澹《あんたん》とつぶやいた。

八重が正木誠四郎との交際を父親に打ち明けられないのは、心に迷いがあるからに違いない。そして、その迷いの原因は誠四郎にある、と兵庫は思った。

誠四郎が本気で八重を愛し、めとりたいと思うなら、むしろ誠四郎のほうから軍左衛門に告白すべきであろう。それが八重への何よりの愛の証《あかし》となるはずなのだが、しかし八重にはその愛の証が、つまりは誠四郎の本心が見えない。だから迷っているのだ。迷いながらも八重は誠四郎を一途に愛している。兵庫にはそれが痛いほど分かった。

（悪い男に惚れたものだ……）

また暗澹とつぶやいて、兵庫はゆっくり歩き出した。

第二章　苦界の女

1

上野大仏下の時の鐘が五ツ（午後八時）を告げている。

小料理屋『如月』の格子戸がからりと開いて、お峰が客を送り出してきた。

「毎度ありがとうございます。またどうぞ」

千鳥足で去ってゆく客を見送って店にもどった。ひとしきり混んでいた店内も、五ツの鐘が鳴り出すと同時に潮がひくように客の姿が消えて、今はひっそりと静まり返っている。

お袖がひとりで卓の上の皿や小鉢を片づけていた。

「お袖ちゃん。後片づけはわたしがやるから、そろそろ支度を……」

お峰が声をかけると、

「すみません。じゃ」

と一礼して、お袖は奥へ去り、トントンと階段を上っていった。

二階には六畳の部屋がある。その部屋でお峰は三日間、お袖と寝起きをともにしてきた。ひとり暮らしのお峰にとっては、久しぶりに楽しい日々だった。

(いよいよ今夜でお別れか……)

そう思うと胸の底からひしひしと寂寥《せきりょう》感がこみ上げてくる。

お袖が突然この店に転がりこんできたのは、男と駆け落ちをするためだった。相手はお袖がつとめている茶屋『美浜屋』の客で名は弥七、日雇いの植木職人をしているという。

「一緒に江戸を出よう」

といい出したのは弥七のほうだった。三日後の夜四ツ(午後十時)、東海道の芝口橋で落ち合い、一緒に上方に逃げようというのである。

惚れた男の誘いを、お袖が断るわけはなかった。それどころか一日でも、いや一刻でもはやく弥七と一緒に江戸を出たかった。

「わけがあってすぐにというわけにはいかねえ。三日だけ待ってくれ。三日後の夜四ツ、芝口橋だ。必ず行くから待っててくれ」

そういって弥七は立ち去ったが、お袖のはやる気持ちは収まらなかった。どうして

もその三日が待ちきれなかった。居ても立ってもいられず、

（いっそ、あたしだけでも一足先にこの店を出てしまおう）

と『美浜屋』を飛び出してしまったものの、着のみ着のままの無一文では旅籠に泊まることもできなかった。約束の日までどこに身を隠そうか、と途方に暮れながら町をさまよい歩いているうちに、ふと思いついたのがお峰の店だったのである。


トン、トン、トン……。

階段に足音がひびき、身支度をととのえたお袖が二階から下りてきた。

階下でお峰が待ち受けている。

「お峰さん……」

「いよいよお別れね」

眼をうるませてお峰がいった。

「本当に……、お世話になりました」

お袖も泣きだしそうな顔で頭を下げた。

「これ、少ないけど路用の足しにしてちょうだい」

お峰が微笑を泛かべて、お袖の手に小粒をにぎらせた。

「あ、でも……」

「いいのよ。ほんの気持ちなんだから。それより、さ、人目につかないうちに……」

お峰がうながす。お袖は格子戸をあけて四辺の闇に素早く視線をめぐらせ、くるりとお峰に向き直ってまた深々と頭を下げた。その眼からほろりと涙がこぼれ落ちた。

「泣かないで。わたしもつらくなるから」

「はい。ご恩は一生忘れません」

「道中くれぐれも気をつけてね」

「ありがとうございます」

惜別の想いを断ちきるように、お袖は身をひるがえして闇のなかに駆け去った。

寝静まった町筋を、お袖が小走りに駆けぬけてゆく。

筋違橋《すじかいばし》をわたって広い通りに出た。この通りをまっすぐ行けば、東海道の起点・日本橋に出る。日本橋からさらに京橋、尾張町へと南に向かって歩きつづけた。

やがて前方に芝口橋の橋影がおぼろげに見えた。

昼間は上り下りの旅人や荷駄を積んだ牛馬でにぎわう東海道も、さすがにこの時刻になると人影が絶えて、物寂しい静寂につつまれる。と、そのとき、

「お袖か……」

橋の北詰めの闇だまりから、ふいに低い男の声がひびいた。

「弥七さん？」

「待ってたぜ」

青白い月明かりの中に、うっそりと男の影が浮かび立った。

旅姿の弥七だった。歳のころは二十五、六。色が浅黒く、精悍な面立ちをしているが、眼もとに暗い陰がただよっている。

「弥七さん！」

駆けよるなり、お袖は弥七の胸に飛び込み、子供のように泣きじゃくった。

「本当に……、本当に来てくれたのね」

「もう心配はいらねえ」

弥七は、お袖の体を離して、ふところから折り畳んだ二通の書状を取り出し、

「このとおり道中切手も用意した。さ、行こう」

とうながして、歩を踏み出した。

道中切手とは、町人が旅に出るときに必要な身分証明書で、正しくは「往来切手」という。現代のパスポートのようなものだ。

江戸の町民が伊勢参りとか、千カ寺詣でのために旅に出るときは、大家の同意を得て寺院の住職から一札書いてもらう。これが正式な往来切手なのだが、弥七が所持していたのは、闇で手に入れた偽造の往来切手だった。

身を切るような夜風が吹きぬけてゆく。その風に背中を押されるようにして二人が

芝口橋を渡ろうとしたとき、橋の南詰めにぽつんと黒影がわき立った。

弥七とお袖は不審げに足をとめて闇に眼をこらした。

黒影が足早に橋を渡ってくる。

ほどなくその影の正体が、月明かりの中にくっきりと浮かび上がった。袴《はかま》の股立《ももだ》ちをとり、黒布で面をおおった長身の武士である。

「……お袖！」

弥七が叫ぶのと、黒覆面の武士が抜刀して身を躍らせるのが同時だった。あわてて逃げ出そうとする弥七とお袖のかたわらを、黒覆面の武士が凄まじい速さで走り抜けていった。まるで黒いつむじ風だった。

その瞬間、何が起きたのか分からない。ただ一閃の銀光が闇に奔《はし》っただけである。声も叫びもなく、弥七とお袖は橋の上に倒れ伏していた。

青白い月明かりが、二つの死体を無惨に照らし出している。弥七は皮一枚をのこして首を斬り落とされ、お袖は喉を切り裂かれて絶命していた。傷口から噴き出したおびただしい血が、橋板の隙間から川に流れ落ち、暗い川面を朱に染めている。

めずらしく晴れた朝だった。

風もなく、初冬のおだやかな陽光がさんさんとふりそそいでいる。

朝食のあと、兵庫はふと思いついて、納戸から砥石を取り出し、濡れ縁の陽だまりで刀を研ぎはじめた。先日、小塚原で三人の浪人の血をたっぷり吸った刀である。そのまま放置しておけば、血の塩分で刀身が錆びる。

鞘《さや》をはらって見ると、案の定、わずかに赤錆が浮きでていた。

丹念に刀を研いで、丁字油《ちょうじあぶら》をぬり、打粉《うちこ》をうった。それを鞘におさめて立ちあがろうとしたとき、庭の枝折戸《しおりど》が開いて、以蔵がのっそりと入ってきた。

「おう以蔵、どうした？」

「ちょいと気になる話を耳にしたので……」

「ほう」

兵庫は濡れ縁に座り直した。

「どんな話だ？」

「昨夜、芝口橋の北詰めで旅の男と女が何者かに斬り殺されやしてね」

弥七とお袖が殺された事件だが、兵庫はまだ知らなかった。

「知り合いの岡っ引から聞いた話なんですが」

と前おきして、以蔵が言葉をつぐ。

「持っていた道中切手から、男は本所亀沢町の弥七って植木職人、女は弥七の女房でお袖だってことが分かったんですが……、じつは、その道中切手は偽物だったそうで」

「へえ。その後の調べで、男は二年前に越中富山から出てきた薬売りの弥吉だってことが分かったそうです」

「弥吉」

その名を聞いた瞬間、兵庫の脳裏に例の留書に記された〝やきち〟の三文字がよぎった。

（そういえば……）

女の名にも思い当たるふしがある。六日前の夜、お峰の店を訪ねてきた女も「お袖」という名だった。果たしてこれは偶然なのだろうか。

「以蔵……」

兵庫がするどい眼を向けた。

「たしかに引っかかるな、その話」

「へえ。偽の道中切手を持ってたってのが気になりやす」

「わけあり者の道行《みちゆき》か」

「岡っ引の話によると、二人とも後ろ暗いところはないそうで」

「その弥吉って男の素性をもう少し詳しく調べてもらえぬか」

「承知いたしやした」

「偽物？」

ひらりと踵を返して、以蔵は枝折戸の向こうに姿を消した。それを見届けると、研ぎ終えたばかりの刀を腰に差して、兵庫も組屋敷を出た。

行き先は上野池之端の小料理屋『如月』である。

不忍池のほとりに出た。蓮の葉におおわれた池面を数十羽の鴨の群れが、餌をついばみながらのんびり泳ぎまわっている。弁天島の掛け茶屋や床店《とこみせ》にも、朝から大勢の人が詰めかけていた。

そんなのどかな景色を横目で見ながら、仲町の路地を曲がった。

『如月』ののれんはまだ出ていなかった。格子戸を引きあけて中に入った。

「あら、兵庫さま……」

板場で料理の仕込みをしていたお峰がはじけるように立ち上がり、濡れた手を前掛けで拭きながら、いそいそと出てきた。

「どうなさったんですか？　こんな早くから……」

「少々訊ねたいことがある」

腰掛け代わりの空き樽にどかりと腰を下ろすなり、

「お袖という女はどうした？」

と兵庫が訊いた。

「夕べ、出て行きましたよ」

「どこへ?」

「どこへって……」

兵庫の前に座りこんで、お峰はふっと笑みを浮かべ、からかうような口調でいった。

「か・け・お……ち」

「駆け落ち!」

「芝口橋で男の人と落ち合う約束をしていたから、いまごろは保土ヶ谷あたりかも……」

「芝口橋で男と……?」

(やはり、そうか)

と思った。ただの偶然ではなかった。

2

もはや疑いの余地はなかった。

芝口橋で殺された女は、六日前の晩、この店を訪ねてきたお袖に違いなかった。

「お袖ちゃんがどうかしたんですか?」

けげんそうに訊くお峰に、兵庫が逆に訊きかえした。

「駆け落ちの相手は、弥七という男ではないのか」

「あら、どうしてご存じなの？」

「お袖は何者かに殺された」

「えっ！」

「弥七という男と共々にな」

「まさか、そんな……。悪い冗談はやめて下さいな」

お峰は一笑に付した。だが、兵庫の顔は真剣そのものである。険しい眼で宙を見据えている。それを見て、お峰の顔からすっと笑みが消えた。

「……本当なんですか？　その話」

「まず間違いあるまい」

「で、でも……」

お峰の眼が激しく泳いだ。まだ半信半疑の体だが、衝撃は隠せない。いたたまれず立ち上がって板場に行き、冷や酒をあおってもどってきた。それを待って兵庫がさらに詰問する。

「弥七という男に女房《つれあい》はいたのか？」

「いえ、ひとり者だと聞きましたけど……」

「じゃ、駆け落ちをする理由はあるまい」

「弥七さんになくても、お袖ちゃんのほうにあるんですよ」

怒りを叩きつけるように、お峰が語気をつよめた。

甲州韮崎村《にらさきむら》の貧しい百姓の三女に生まれたお袖は、十五のときに深川の茶屋『美浜屋』に売られてきた女である。十年の年季が明けるまで、男たちの肉欲の道具として働かなければならない運命にあった。

「だから……」

お峰が声をふるわせた。

「だから、お袖ちゃんは死ぬ気で『美浜屋』を飛び出したんです」

「死ぬ気で？」

「茶屋づとめの女だってお女郎さんと同じなんですよ。見つかって連れもどされれば、どんなひどい目にあうか……」

足抜けに失敗した女郎が、抱え主から手ひどい折檻《せっかん》を受けるという話は聞いたことがあるが、茶屋の女たちにもそうした過酷な制裁が加えられることを、兵庫は初めて知った。

「へたをすれば殺されかねないんです」

「お峰」

兵庫が険しい眼で見返した。

「とすれば、弥七とお袖を殺したのは『美浜屋』の手の者かもしれんぞ」

それには応えず、

「わたし、確かめてきます」

お峰が意を決するように立ち上がった。

「確かめる？」

「お袖ちゃんの亡骸《なきがら》。引き取り手がなければ、まだ大番屋《おおばんや》に安置されてるはずです」

死体を自分の眼で確かめないかぎり、どうしても納得がいかない、とお峰はいった。

大番屋は、犯罪容疑者や参考人の取り調べ、死体の検視などを行う場所で「調べ番屋」ともいわれた。江戸府内には七か所あったという。

ちなみに当時の町奉行所は現代の警視庁に相当し、大番屋は所轄署、自身番屋は交番に相当した。したがって、捕縛された犯罪人や身元不明の死体などが直接町奉行所に送り込まれることはなく、自身番屋から大番屋へ送られる定めになっていた。

「もし、その亡骸が本当にお袖ちゃんだったら、わたしが引き取ってねんごろに葬ってやります」

気丈にそういって、身支度のために奥へ立ち去ろうとするお峰に、

「後刻、出直してくる」

一言いいおいて、兵庫は背を返した。

一度千駄木の組屋敷にもどった兵庫は、陽が落ちるのを待って、ふたたび屋敷を出た。

ほのかに残照をにじませた暗翳《あんえい》の空を、十数羽の鴉《からす》の群れが飛んでゆく。上野の山のねぐらに帰るのであろう。けたたましい啼き声を発して頭上を飛び去っていった。

本郷通りから湯島をぬけ、昌平橋の北詰めに出た。橋の下流にポツンと小さく見える明かりは、客待ちをしている猪牙舟の舟提灯の明かりである。

昌平橋の北西に、幕府直轄の消防組織「定火消し《じょうびけ》」の屋敷がある。

周囲を高い築地塀《ついじべい》でかこまれた広大なその屋敷には、役与力六騎、同心三十名、そして火消し人足（ガエン）三百人が常駐していた。

気の荒いガエンたちは、昼間は屋敷の大部屋で博奕《ばくち》にうつつをぬかし、夜ともなると屋敷を抜けだして盛り場にくり出した。行き先は両国や本所・深川の遊所である。中には吉原まで足をのばす者もいた。猪牙舟の船頭はそうした連中を待っているのである。

兵庫が船着場の石段をおりていくと、舟の舳《みよし》に腰をおろして煙管《きせる》をくゆらせていた初老の船頭が、目ざとくふり返って愛想笑いを泛かべた。

「どちらまで？」

「深川までやってくれ」

「へい」

煙管の火をぽんと叩き落として、船頭はゆっくり舟を押し出した。

宵闇がただよう神田川の川面を、兵庫をのせた猪牙舟はすべるように下ってゆく。和泉《いずみ》橋、新《あたら》し橋、浅草御門橋を経由して、最後の柳橋をくぐりぬけると、舟はほどなく大川（隅田川）に出た。眼前に両国橋の巨大な橋影がせまってくる。

大川に出てから櫓《ろ》の音が静かになった。流れにまかせて、船頭がゆったりと櫓をこいでいる。それでもかなりの速力で舟は大川を下っていった。

新大橋をくぐりぬけてしばらく行くと、やがて前方に星屑を散らしたようにきらきらときらめく火影《ほかげ》が見えた。深川の街明かりである。

「どこに着けやしょう？」

ふいに船頭が訊いた。永代橋が間近にせまっていた。

「門前仲町《なかちょう》の近くに着けてくれ」

「承知しやした」

深川は江戸の塵芥で埋め立てられた人工の街である。むかしは葦や荻《おぎ》が生い茂るひなびた漁師町だったが、慶長年間に伊勢の人・深川八郎右衛門なる者がこの地に移ってきて開拓したところから、その姓が地名になったといわれている。

水はけのための細流や掘割が網の目のように走る深川は、俚俗に「水の街」ともいわれた。元禄以降、この街が吉原遊廓をしのぐほどの遊里に発展したのは、縦横に走る水路の恩恵を受けたためである。

〈船頭のしこなしで行く二軒茶屋〉

と川柳にあるように、深川通いの猪牙舟は四通八達した水路を利用して、どの遊廓でも、どの妓楼でも直接桟橋に着けることができた。「二軒茶屋」とは富岡八幡宮の境内にある有名な二軒の茶屋のことである。

「へい、お待ちどおさま」

船頭の声とともに、舟が桟橋に着いた。眼の前はまばゆいばかりの光の海である。舟が着いたのは永代寺門前・山本町の船着場だった。桟橋に降り立つと、

「美浜屋という茶屋はどこにある？」

兵庫が訊いた。

「一ノ鳥居の近くです。大きな茶屋ですからすぐに分かりやすよ」

「そうか」

代金を払って石段を上った。

門前仲町の通りは、まるで祭りのような賑わいである。雪洞《ぼんぼり》や提灯《ちょうちん》が五彩の明かりをはなち、あちこちから弦歌がひびき、着飾った女や嫖客《うかれお》たちが絶えまなく行き

交っている。

兵庫は一ノ鳥居を目ざして歩をすすめた。

船頭がいったとおり『美浜屋』はすぐに分かった。なるほど、たいそうな構えの茶屋である。建物は瓦葺《かわらぶ》きのどっしりとした二階建て、間口も七、八間と広く、千本格子の戸が四枚はめられている。

「お侍さま、お遊びでございますか」

客引きらしい若い男がすり寄ってきた。

「うまい酒が飲みたくてな」

「それでしたら、ぜひ……」

と男が店に誘う。

千本格子の戸を引きあけて中に入ると、そこは六、七坪ほどの広い落間《おちま》になっていた。奥から仲居が小走りに出てきて、兵庫を二階の座敷に案内した。

部屋の造りも豪勢である。壁は紅殻《べんがら》の赤壁、床柱は檜の丸太、障子の桟は漆《うるし》がけ、襖の引手に七宝を使うなど、すみずみにまで贅をこらした数寄屋ふうの部屋である。

「ご注文は？」

着座するなり、仲居が訊いた。

「熱燗《あつかん》を二本、肴《さかな》は適当に見つくろってくれ」

「お酌はいかがいたします」

「女のことか？」

兵庫が訊きかえすと、仲居が意味ありげに笑って、

「殿方がおひとりでお酒を召し上がっても、味気のうございましょう」

「うむ……では、頼もう」

「承知いたしました。少々お待ちください」

仲居が下がってから、ほどなく女が酒肴の膳を運んできた。

「お常と申します。どうぞ」

女が細い手をのばして酌をした。二十三、四のやつれた感じの女である。兵庫は無言のまま盃につがれた酒を一気に飲みほした。

「初めてですか？　この店」

空になった盃に酒を満たしながら、お常が上目づかいに訊いた。

「いや、以前一度来たことがある。その折りは、たしかお袖という女が付いたが……」

むろん、これは嘘である。

「ああ、お袖ちゃん――」

「その女はどうしている？」

「どうって……」

「ほかの客に付いているのか」

「いいえ」

お常は急に声をひそめて、

「逃げちゃったんですよ」

「逃げた？」

「六日前の晩にね」

「どこへ？」

「それが分かりゃ、地回りの仙次たちがとっくに連れもどしてますよ」

お常は小鼻をふくらませて、せせら笑うようにいった。

「つまり、その仙次という男が女たちの監視をしているというわけか」

「店からお金をもらってね。あいつは……」

急にお常の表情が変わった。細い目がつり上がり、唇がわなわなと震えている。

「けだものですよ」

吐き棄てるようにそういうと、くるりと兵庫に背を向け、

「これを見て下さいな」

いきなりもろ肌を脱いだ。白い背中に無数の傷痕が走っている。みみず腫れが赤黒

い痣《あざ》となって残ったものだ。一見して鞭《むち》で打たれた痕とわかる。

「すると、お前も……！」

無惨な傷痕をみて兵庫は瞠目した。

「この仕事がつらくてね。逃げ出したんですよ。……けど、すぐに捕まって、仙次に半殺しの目にあわされたんです」

茶屋の酌女が客の前でこんな話を暴露するのは危険である。万一店の者の耳に聞こえたら、また手ひどい折檻を受けるに違いない。

「めったなことはいわぬほうがいい」

兵庫がたしなめた。

「いいんですよ。どうせあたしは死んだも同然なんですからね。それに……お侍さまなら、あたしの苦しみを分かってくれるんじゃないかと思って……」

そういって、お常はほろ苦く微笑《わら》った。ぬけ殻のように虚ろなその笑顔を見て、

(この女にくらべれば、死んだお袖はまだしも仕合わせだったかもしれぬ)

兵庫はそう思った。お常はこの世に生きながら、というより生かされながら、死よりもつらい肉欲地獄につながれている……。哀れの一語につきた。

3

須臾《しゅゆ》のあと――。

兵庫は仲町通りの雑踏のなかにいた。人波をぬうように足早に歩いてゆく。

一ノ鳥居をくぐり、八幡橋を西にさして二丁ほど行くと、右方に小さな寺が見えた。西念寺《さいねんじ》である。寺の先の細い路地を右に折れた。土地の者はこの路地を「西念寺横町」とよんでいる。表通りの華やかな賑わいとは打って変わって、薄暗く、隠微《いんび》な雰囲気がただよう路地である。

路地の両側には飲み食いを商う小店がひしめくように軒をつらね、あちこちに日当たりの悪そうな男たちがたむろしている。

路地の中ほどに『甚八』の提灯が見えた。間口二間ほどの小さな居酒屋である。お袖の話によると、地回りの仙次はその店を溜まり場にしているらしい。

手垢《てあか》にまみれた縄のれんをはらいのけて、店の中に足を踏み入れた。煮物の湯気や煙草《たばこ》のけむり、人いきれが充満している。やくざふうの男が四人、樽《たる》の上に片あぐらをかいて酒を食らっていた。

「仙次はいるか？」

店の亭主に声をかけると、男たちの剣呑な視線がいっせいに兵庫に集中した。

「いえ、今夜はまだ……」

赤ら顔の亭主が怯えるように応える。

「仙次がこの店に来るのは、いつも何刻ごろだ？」

「五ツ（午後八時）ごろで」

「そうか。では、また出直して来よう」

いいおいて、兵庫は店を出た。

西念寺横町をぬけると、しだいに明かりがまばらになり、人影も少なくなる。どこへ、というあてもなく兵庫は掘割沿いの道を歩いていた。五ツまでには、まだ半刻（一時間）以上も間がある。どこか別の店で酒でも飲みながら時をつぶそうかと考えたが、どうやらその必要はなさそうだった。

背後にひたひたと足音が迫ってくる。一人や二人の足音ではない。五人はいるだろう。兵庫は気にせずに歩きつづけた。足音が急速に接近してくる。

「お侍さん、待っておくんなさい」

ふいに野太い声が兵庫の背中に突き刺さった。ふり向くと、五人の男たちが肩をいからせて立っていた。四人は『甚八』で酒を食らっていたやくざふうの男たちである。真ん中に立っている大柄な男が地回りの仙次であろう。ひときわ凶悍な面がまえをしている。

「あっしをお探しだそうで」

大柄な男がいった。やはり、その男が仙次だった。

「おまえに訊きたいことがあってな」

「どんなことで?」

「美浜屋のお袖を手にかけたのは、貴様か?」

「お袖を……?」

いぶかるように仙次が眉根をよせた。

「女だけではない。弥七という男もだ」

「あの二人、殺されたんですかい……?」

仙次が意外そうにつぶやいた。知っていてとぼけているのか、それとも本当に知らないのか。仙次の表情から真意を読みとることはできなかった。

「けど、お侍さんは、なぜそのことをご存じなんで?」

「訊いているのは、おれのほうだぞ」

「あっしは知りやせん。お袖の行方を探していたのは確かですがね。八方手をつくしても結局見つからなかった……。仮に見つけたとしても、あっしは殺したりはしやせんよ。お袖の年季はまだ五年残ってる。それまでたっぷり働いてもらわなきゃならねえんですから」

「生かさず殺さずってわけか」

「まあ、そんなところで」

　仙次が薄く嗤《わら》った。

「下手人に心あたりはないか？」

「お侍さん、ここは深川なんですぜ」

「だからどうした？」

「妙な詮索はしねえほうがいい。藪《やぶ》を突っついて蛇が出てきたらただじゃすみませんぜ」

「蛇が出る前に虫けらが出てきたようだな」

「あ？」

「女の生き血を吸う虫けらどもだ」

「なに！」

「貴様たちにもう用はない。とっとと消えうせろ」

　いい捨てて踵を返した瞬間、

「待ちやがれ！」

　怒気をふくんだ声が返ってきた。同時に四人の男たちがいっせいに地を蹴って兵庫を包囲した。手に手に匕首《あいくち》をかまえている。

「侍だと思って下手に出りゃ、いいてえことをいいやがって！　やっちまえ」

仙次が獰猛《どうもう》に吼えた。四人の男たちが牙を剝いた野犬のように猛然と切りかかって来た次の刹那、兵庫の抜きつけの一刀が一人の匕首をはじき飛ばし、もう一人の手首を斬り落としていた。電光石火の居合斬りである。

「ち、畜生ッ」

逆上した仙次が、匕首を逆手に持って突進してきた。兵庫は横に跳んで切っ先をかわし、振りかぶった刀を叩きつけるように仙次の肩口に振り下ろした。ずばっ、と鈍い音がして、匕首を持った仙次の右腕が肩の付け根から切断され、高々と宙を舞いながら掘割に落下した。

「ぎゃーっ」

と悲鳴をあげて仙次が地べたを転げまわる。とどめは刺さなかった。殺すのは簡単だが、殺せば相手を楽にするだけである。この男には、たっぷり死の苦しみを味わわせなければならない。のたうちまわる仙次を冷やかに見下ろして納刀すると、兵庫は何事もなかったようにその場を去った。

永代橋の東詰めの桟橋から猪牙舟にのった。来たときとは逆に大川を遡行して、両国橋の先からさらに神田川を上り、筋違御門橋ちかくの船着場で舟をおりた。

筋違橋の前は神田花房町である。花房町の路地をぬけると、広い通りに出た。下谷御成街道である。この通りを北にまっすぐ行くと不忍池に突きあたる。

池之端に出た。不忍池の池面にきらきらと町明かりが映えている。池畔の道もあいかわらずの賑わいだ。仲町の路地を左に折れたところで、兵庫はふと足をとめて、前方に不審な目をやった。

『如月』の軒行燈が消えている。つい先ほど猪牙舟の上で五ツの鐘を聴いたばかりだった。まだ店を閉める時刻ではない。けげんそうに戸口に歩み寄った。

『本日は休ませていただきます』

と張り紙があった。格子戸の隙間からほのかな明かりが漏れている。

戸を引きあけて中に入った。奥の暗がりでお峰がひとり物憂げに猪口をかたむけている。板場に喜平の姿はなかった。

「兵庫さま……」

お峰がゆっくり振りむいた。青白い、疲れた顔をしている。

「大番屋に行って来たのか」

「ええ」

「どうだった？」

「やはり……」

お峰は声をつまらせた。切れ長な眼が涙でうるんでいる。次の言葉が出ないのだろう。つらそうにかぶりを振った。

「お袖だったんだな？」

「かわいそうに……、一体誰があんなむごいことを……」

お峰の脳裏に、お袖の無惨な死に顔がよぎった。こみ上げてくる怒りと悲しみを飲み下すように、ぐいと猪口の酒をあおった。

「………」

慰撫する言葉もなかった。無言でお峰の前に腰をおろすと、空になったお峰の猪口に酒をついで、兵庫も一気に飲み干した。

「……亡骸《なきがら》はわたしが引き取って、ねんごろに葬ってやりましたよ」

「そうか」

「……あれは侍の仕業に違いないって」

「侍？　誰がいっていた？」

「検視役の町方のお役人がそういってました……。けど、わたしには得心がいきません。お袖ちゃんがなぜお侍に殺されなきゃならないのか。どう考えたってその理由《わけ》が見当たらないんです」

「お峰……」

兵庫がお峰の顔を凝視した。

「下手人のねらいは弥七という男だったのかもしれぬ」

「？……で、でも、なぜ弥七さんが」

「わからん。……ただ一つだけ確かなことは……」

弥七が変名を使い、偽の往来切手を使って江戸を出ようとしていたことである。この事実が何を意味するのか、すでに兵庫の胸中には答えが出ていた。

「弥七は誰かに追われていたのだ。それゆえ変名を使って素性を隠し、ひそかに江戸を出ようとした。お袖をさそったのは夫婦をよそおうためだった。女房連れなら大木戸の役人に怪しまれる恐れはないからな。追われ者がよく使う手だ」

「そんな……」

一瞬、お峰は言葉を失った。もしそれが事実だとすれば、お袖は弥七に利用されたあげく、巻き添えを食って殺されたということになる。お峰が吐き捨てるようにいった。

「そんな男の道連れにされたんじゃ、お袖ちゃん、浮かばれませんよ。あんまりです」

悲痛ともいえる声だった。

「浮かばれない者がもう一人いる」

「え？」

「おれの親父だ」

「兵庫さまのお父さまが……」

「半月ほど前に何者かに斬り殺された。まだ下手人は挙がっておらぬ。ひょっとすると」

今度の事件と清右衛門殺害の一件がどこかでつながるかもしれない、と兵庫は独語するようにつぶやいた。お峰はそのことよりも、兵庫の父親が殺されたという事実に驚愕していた。六日前の夜、兵庫がこの店をたずねてきたとき、そんな素振りは微塵も見せなかった。お峰にとって、まさに寝耳に水の話だったのである。

兵庫が淡々と語る。

「……弥七の本名は〝弥吉〟、親父の留書にも同じ名が記してあった。しかも傷口から見て親父を殺した下手人も侍に違いない」

「じゃ、同じ下手人が兵庫さまのお父さまを……？」

「それはまだ分からん。いま以蔵が調べているところだ」

兵庫がそういうと、

「あ、そう、そう」

思い出したようにお峰が、

「つい先ほど以蔵さんが見えましたよ」

「以蔵が?」

「兵庫さまを探してたようです」

「で……?」

「もしお見えになったら、長屋にいると伝えてくれって」

「分かった。帰りがけに寄ってみる」

と立ち上がった。

4

寸刻後――。

下谷新黒門町の以蔵の長屋の一室に、兵庫の姿があった。

部屋は小ぎれいに片づけられているが、家具調度類が少ないせいか、どこか寒々としていて男所帯のわびしさをただよわせている。

「やっと絵解きができやしたよ」

不器用な手つきで茶をいれながら、以蔵がぼそりといった。

「例の留書の件か?」

「へえ。弥七って男は、いえ〝弥吉〟って男は、去年の春ごろから両国米沢町の『巴屋』に出入りしていたそうで」

「巴屋？」

「薬種問屋です。つまり……」

といいかけた以蔵の言葉をさえぎって、

「そうか！」

兵庫がはたと膝を打った。

「親父の留書にあった〝ともえ〟は薬種問屋の屋号だったのか」

『巴屋』の所在地は両国米沢町。これも留書に記されていた〝よねざわ〟と符合する。

「〝やきち〟は薬売りの弥吉、〝ともえ〟は薬種問屋の巴屋、〝よねざわ〟はその店の場所……。これで四つの符丁のうち三つの謎が解けたことになりやす」

「あとは〝つがる〟の三文字だけだ。それも調べて見たのか？」

「一通り『津軽』って屋号の店を洗って見たんですが……」

以蔵は渋い顔で首をふった。

「弥吉や『巴屋』と関わりのある店は見つかりやせんでした」

「そうか……。しかし以蔵、これでようやく見えてきたぞ。親父がひそかに探っていたのは、『巴屋』に出入りしていた弥吉の動き……と見て間違いあるまい」

「へえ」

「問題は弥吉と『巴屋』の関わりだ」

兵庫は腕組みをして黙考した。

薬売りの弥吉が薬種問屋の『巴屋』に出入りしていたという事実は、それ自体、決して不審なことではない。『巴屋』にかぎらず、どこの薬種問屋にも地方の薬売りが家伝の秘薬や生薬《きぐすり》をもって売り込みにやってくる。中には怪しげな媚薬や偽薬などを売りにくる者もいたが、それを取り締まるのは町奉行所の職務であり、支配違いの鳥見役が内偵に乗り出すほどの大犯罪ではなかった。

（ひょっとすると……）

弥吉と『巴屋』の間に、薬以外の非合法の取り引きがあったのではないだろうか。清右衛門が極秘にそれを探っていたとなると、薬種問屋の看板の陰にかなり大がかりな犯罪がひそんでいるのかもしれぬ。

「で、『巴屋』についても調べてみたのか？」

「へい」

抜かりはありません、といわんばかりに以蔵がうなずいた。

「両国界隈でも五本の指に入る薬種問屋でしてね」

『巴屋』の現在の当主は三代目の利兵衛、齢は五十二歳。五年前に女房と死別して、一昨年の秋ごろ、二十歳年下のお勢という女を後添えに迎えたが、先妻にも後妻にも子はなかった。奉公人の数は十六人。客の評判も上々だという。

「あっしが調べたかぎり後ろ暗いことは何も……」

といいつつ、以蔵は肩をすぼめてこう付け加えた。

「もっとも、悪事を働く者はそう簡単に尻尾を出しゃしませんがね」

「以蔵」

沈思していた兵庫がゆっくり顔をあげた。

「おれはあるじの利兵衛の身辺を探る。おまえは奉公人を一人ずつ洗ってみてくれ。その中に弥吉と関わりのあった者がいるかもしれん」

「承知しやした」


米沢町は、両国広小路と薬研堀《やげんぼり》埋め立て地の間に位置する町屋で、一丁目から三丁目まであった。物の書には、

「昔時は寺地なりしに正保の頃より米蔵を置き『矢の倉』と称せり。元禄十一年火災に罹り、之を築地に移し、其跡を土地若しくは町家とし、町名を加ふ。凡そ三町。里俗町北を両国橋西広小路と呼ぶ」

とあり、米蔵があったところから「米沢町」の地名がついたという。両国広小路に

面しているこの町には、大小の商家が櫛比《しっぴ》して殷賑《いんしん》をきわめていた。

薬種問屋『巴屋』は米沢町二丁目の角にあった。瓦葺きの二階家、外壁は牡蠣殻灰《かきがらばい》の塗り家造り、間口四間、見るからに老舗《しにせ》の風格をそなえた店構えである。

店先に吊るされている大きな袋には、筆太に『木薬屋《きぐすりや》』の文字が書き込まれている。これが薬種問屋の目印、すなわち看板である。

〈木薬屋堰《せき》を明けると人だかり〉

と川柳にあるように、当時の江戸の薬種問屋は、開店と同時に人だかりがするほど繁盛していた。『巴屋』も例外ではなかった。朝五ツ（午前八時）の開店から暮六ツ（午後六時）の閉店まで、ほとんど客足が途絶えることがなかった。

店の中では番頭の徳三郎がてんてこ舞いで客をさばき、かたわらで手代たちが休む間もなく薬研で薬を調合している。さながら戦場《いくさば》のような忙しさである。

「番頭さん、ちょいと出かけてくるよ」

納戸口ののれんを分けて、小肥り半白頭《はんぱくあたま》の初老の男が出てきた。主人の利兵衛である。

「いってらっしゃいまし」

徳三郎が客の対応をしながら、慇懃《いんぎん》に頭を下げて見送った。歳は四十がらみ、一見如才なさそうな男だが、細い眼の奥には蛇のように冷徹な光が宿っている。

店を出ると、利兵衛は米沢町二丁目の小路をぬけて、横山町の通りに出た。通りの両側には袋物、足袋、糸物、小間物などの卸問屋がずらりと軒をつらねている。現代の衣料問屋街としての横山町の特色が、すでにこのころから出来上がっていたといっていい。

利兵衛は、人混みをぬうように通塩町《とおりしおちょう》のほうへと歩いてゆく。その二、三間後方、つかず離れず尾《つ》けてくる武士の姿があった。兵庫である。

（何を探しているのだろう？）

先ほどから利兵衛の様子がおかしい。しきりにあたりを見回している。誰かを探しているのか、それとも尾行の気配を探っているのか。

気づかれぬように、兵庫は見え隠れに尾行をつづけた。

しばらく行くと、前方に小さな橋が見えた。浜町堀に架かる長さ九間（約十六メートル）、幅四間（約七メートル）の緑橋である。橋のたもとで町駕籠《まちかご》が客待ちをしていた。それを見て、利兵衛が急に歩度を速めた。

（駕籠を探していたのか）

兵庫も足を速めた。そのときである。

「おう、兵庫ではないか」

ふいに背後から声をかけられ、兵庫はぎくりと立ちすくんだ。雑踏をかきわけて大股に歩み寄ってきたのは、正木誠四郎だった。兵庫の眼のすみに、町駕籠に乗りこむ利兵衛の姿がよぎった。誠四郎を無視してこのまま尾行をつづけるべきかどうか、一瞬迷っていると、

「どこへ行く?」

誠四郎が探るような眼で訊いた。

「組屋敷に帰るところだ」

「よかったら、そのへんでそばでも食わんか」

利兵衛を乗せた駕籠は、もう人混みの中に消えていた。とんだ邪魔をしてくれたものだと、腹の底で苦々しくつぶやきながら、兵庫は誠四郎のあとについた。

二人は緑橋の東詰めの小さなそば屋に入った。兵庫は掛けそばを、誠四郎はそば切りと酒を二本注文した。

「おぬし、家督を継いだそうだな」

酒をつぎながら、誠四郎が卒然といった。

「おれが望んだわけではない。成り行きでそうなっただけだ」

「組頭の刈谷どのに口説かれたか」

「まあな」

「公儀の禄をはむのも悪くはあるまい。寄らば大樹の陰だ」

「誠四郎」

飲みかけた猪口を卓の上において、兵庫が真剣な眼で誠四郎の顔を射すくめた。

「一つ、訊きたいことがある」

「何だ？」

「おぬし、八重どのとはどういう付き合いをしているのだ？」

「なんだ。そんなことか……」

誠四郎は唇の端でうすく笑った。

「野暮なことは訊くな」

「正直にいってくれ」

「おれたちは子供ではない」

「………」

「男と女の付き合いをしている」

(やはり、そうか……)

予想していたことだが、あらためて誠四郎の口からそれを聞くと、さすがに動揺は隠せなかった。なんともやり切れない思いが込みあげてくる。

「八重どのをめとる気はあるのか」

「先のことはわからん。まさか、おぬし妬《や》いているのではあるまいな」

薄ら笑いを泛かべながら、誠四郎が揶揄《やゆ》するようにいった。

「馬鹿なことをいうな！」

兵庫が声を荒立てた。

「八重どのは苦しんでいる。……おぬしの優柔不断さに悩み苦しんでいるのだ。おぬしにはそれが分からんのか」

「おれに説教するつもりか」

「説教ではない。忠告だ。八重どのをめとる気がなければ別れろ」

「兵庫……」

誠四郎の眼に剣呑な光がたぎっている。

「身のほどをわきまえろよ」

「なに」

「おれとおぬしとでは身分が違う。二度とおれの前でそんな偉そうな口をきくな」

といって憤然と立ち上がり、

「ついでにいっておくがな。女は惚れた男に抱かれているときが一番仕合わせなのだ。おぬしがとやかくいう筋合いのものではない」

卓の上に代金をおくと、誠四郎はずかずかと足を踏み鳴らして出ていった。

「待て、誠四郎！」

叫ぶなり、兵庫も飛び出した。

それを待ち受けていたかのように、表で誠四郎が仁王立ちしていた。

「まだ用があるのか」

「いまの一言、許せぬ」

兵庫の手が刀の柄にかかった。

「おれを斬るつもりか」

「………」

「おもしろい。斬ってみろ」

誠四郎がせせら笑いを泛かべた。

兵庫は無言。刀の柄頭に手をかけたまま、すっと右足を引いた。これは心形刀流でいう「鎊捨刀《ほうしゃとう》」のかまえである。「鎊」は削るという意味、「捨」は迅速という意味である。すなわち、刀の背（棟）で敵の刀を瞬息に削《す》（摺）り上げ、先《せん》の先をとる刀法をいう。

一方の誠四郎は、両手をだらりと下げたまま、まったく刀を抜く気配を見せない。斬り合いを避けているのではなく、兵庫に先に抜かせようとしているのである。

たちまち二人の周囲に人垣ができた。

数瞬の対峙のあと、

「どうした？　抜けんのか」

誠四郎が挑発するようにいった。

二人を取り囲んだ野次馬たちが固唾《かたず》をのんで見守っている。斬り合いになれば大騒ぎになる。すぐに公儀の目付衆が飛んでくるだろう。江戸府内での武士の私闘は厳しく禁じられている。喧嘩両成敗とはいえ、裁きの場に引き出されたら、先に刀を抜いたほうが不利な立場に立たされる。ましてや身分の低い御家人が直参旗本に刃を向けたとあっては、極刑は免れまい。誠四郎はそれを計算に入れて挑発しているのだ。

兵庫の手が刀の柄から離れた。

「どうした？」

「やめておこう」

「ふふふ、怖《お》じ気《け》づいたか」

誠四郎が勝ち誇ったような笑みを泛かべた。

「貴様を斬っても刀の錆《さび》になるだけだ」

いい棄てて踵を返した。その背中に、

「負け惜しみをいうな！」

誠四郎の罵声が飛んできた。

「錆が出るような安物の刀では人は斬れんぞ」

野次馬の群れから嘲笑がわき起こった。兵庫はそれを無視するように人垣をかき分けて、足早に立ち去った。

5

冬の日暮れは早い。

七ツ半（午後五時）になると、四辺はすっかり宵闇に閉ざされる。薬種問屋『巴屋』の店先では、手代や丁稚《でっち》たちが早々と店じまいの支度にとりかかっていた。

帳場格子の中では、番頭の徳三郎が十露盤《そろばん》をはじきながら帳付けに余念がない。

奥から丁稚《でっち》の小助が出てきて、

「番頭さん、お内儀《かみ》さんがお呼びですよ」

といって、またあわただしく奥へ去った。

徳三郎は帳簿を閉じて、のそりと立ち上がり、奥の部屋に向かった。

「失礼します」

襖を開けて中に入ると、長火鉢の前で内儀のお勢が茶をすすっていた。歳は三十二、派手な顔立ちをした肉感的な女である。

「うちの人はどこに……？」

「株仲間の寄り合いに行くとおっしゃってお出かけになりました」

「そう」

お勢がそっけなく応えた。このところ亭主の利兵衛は、寄り合いを口実に外出することが多い。そのまま外泊して来ることもしばしばあった。

「外に女でも出来たんじゃないかしら」

「さあ、どうでしょうか」

「それはそれで別にかまわないけど……、ただ、外に子供でも作られたら困るのよ」

お勢の心配の種は、むしろそのことだった。お勢と利兵衛の間には子がいない。万一よその女に子供でも出来ようものなら、将来、その子が店の跡取りになる可能性がある。

「ねえ、徳三郎さん……」

甘えるように鼻を鳴らして、お勢がしどけなく徳三郎の体にしなだれかかった。

「今までこの店を支えてきたのは、わたしと徳三郎さんなのよ。よその女の子供に店を乗っ取られるようなことがあったら、それこそトンビに油揚げをさらわれるようなもの。今までの苦労が水の泡じゃないですか」

「じつは、わたしもそのことを考えていたのです。そろそろこのへんで旦那さまには消えていただこうかと……」

お勢の眼がきらりと光った。

「何かいい手だてでも?」

「いっぺん御前《ごぜん》に相談してみましょう。それなりの手みやげを持参すれば、きっと二つ返事で引き受けてくれますよ。弥吉のときのようにね」

「ぜひそうして下さいな。こうなったら徳三郎さんだけが頼りなんだから」

艶然と笑って、お勢は徳三郎の股間に手をさし込んだ。

「お内儀さん……」

荒い息づかいでお勢の体を引きよせると、徳三郎はいきなり着物の襟元を広げた。白い豊かな乳房がこぼれ出る。それをわしづかみにして乳首を吸う。

「ああ、あ……」

お勢がよがり声をあげた。右手は徳三郎の下帯のひもを解いている。下帯がはらりと落ちて、屹立《きつりつ》した一物がはじけるように飛び出した。それをしなやかな指で愛撫する。

徳三郎の息づかいはますます荒い。両手をお勢の腰にまわし、ぐいと持ち上げた。中腰の恰好になる。着物の下前をはぐり、裾をたくし上げる。茹《ゆ》で卵のように白くつややかな尻がむき出しになる。徳三郎の節くれだった指がはざまを撫であげた。そこはもうたっぷり露をふくんでいる。

お勢の腰を抱えたまま、ゆっくり膝の上にのせた。猛々《たけだけ》しく怒張した一物が、お勢の秘所を垂直に突きあげる。

「あっ」

小さな声を発して、お勢は上体を弓のようにのけぞらせた。のけぞりながら激しく尻を上下させる。徳三郎の一物をつつみ込んだ肉ひだが、尻の律動とともに絞りこむように収縮し、小きざみに震え、ときには強く締めつけ、絶妙な波動をくり返す。そのたびに激烈な快感が徳三郎の体の芯をつらぬいた。

若いころから散々女遊びをしてきた徳三郎だったが、これほど具合のいい女にはめぐり合ったことはなかった。まれにみる名器といっていい。亭主の利兵衛がぞっこん惚れこんだのも、それだった。

もともと利兵衛は女に淡白な男だったが、先妻に死なれたあと、やもめ暮らしのわびしさをまぎらわすために薬研堀の茶屋に出入りするようになり、そこで酌婦をしていたお勢と知り合い、たちまち肉欲の虜《とりこ》になったのである。

それまでの利兵衛は、ただ精を放つ瞬間の快感だけで女を抱いていた。十八歳で『巴屋』ののれんをついでから三十余年間、仕事一筋に生きてきた利兵衛にとって、女を抱くことは本能的な営みの一つにすぎなかった。腹がへったら飯を食う。それと同じように欲情したら女を抱いて放出する。男と女の媾合《まぐわい》とはそんなものだと思い込んでいたし、またそれで十分満足もしていた。

だが、お勢を抱いてから、その思いこみは根底からくつがえった。

お勢の中に入った瞬間、利兵衛は自分の体が溶け消えてゆくような錯覚にとらわれた。いつもならすぐそこで極限に達してたのだが、それをはぐらかすように肉ひだが絶妙な波動をくり返した。いまにも果てそうで果てない。寄せては返し、返してはまた打ちよせる快楽の波が、利兵衛の脳髄をしびれさせた。

かつて経験したことのない峻烈な快感……、それが利兵衛を狂わせたといっていい。お勢の体にあきたらなくなった利兵衛は、いつしか仕事そっちのけで女道楽にうつつをぬかすようになったのである。

馬鹿な男だ、と徳三郎は思った。お勢という、たぐいまれな名器を手に入れておきながら、ほかの女にうつつをぬかすのは、美酒を覚えて安酒に酔うようなものである。五十の坂を越えて女に狂った利兵衛の不幸はそこにあった。

「あっ、ああ……」

あられもない声を発して、お勢が昇りつめてゆく。同時に徳三郎も果てた。二人は結合したまま、しばらく情事の余韻にひたったあと、ゆっくり体を離した。お勢が乱れた髪をかき上げながら、

「で、御前さまのところへは、いつ？」

上気した顔で徳三郎を見た。

「その前に手みやげを用意しなければなりません」

「お金？」

「はい。旦那に気づかれぬように千住の店から引き出しましょう」

「やるなら、早いほうがいいわね」

「早速、今夜にでも……」

立ち上がり、下帯を締めなおして、徳三郎は出ていった。


それから四半刻（三十分）後――。

巴屋の裏庭の木戸が音もなく開いて、徳三郎がこっそりと姿を現した。菅笠を目深にかぶり、木綿の茶羽織に紺の股引きといういでたちである。すばやく四辺の気配を探ると、徳三郎は路地の奥の闇に走り去った。

米沢町から両国広小路に出た。

この時刻になっても広小路の賑わいは一向に衰えをみせない。

見せ物小屋、掛け茶屋、床店などがおびただしい明かりをまき散らしている。その明かりにさそわれるようにあちこちから人が流れ込んでくる。

その流れを横切って、徳三郎は柳橋のほうに向かって歩いていた。

柳橋をわたり、御蔵前の通りに出ると、人の往来も少なくなる。そこで徳三郎はふと足をとめて背後をふり返り、ふたたび足早に歩き出した。そのとき、一瞬早く路地の物陰に身を隠した男がいたことに徳三郎は気づいていない。

やや間をおいて、物陰からすっと姿を現したのは以蔵だった。軒端の闇をひろいながら、以蔵は影のように徳三郎のあとを追った。

御蔵前から花川戸をぬけてしばらく行くと、前方に椀を伏せたような小高い山影が見えた。待乳山《まっちやま》である。別名聖天山《しょうてんやま》ともいい、山頂には天台宗・金龍山本龍院を号する聖天宮が祀られている。そこから東を眺望すれば、隅田川の絶景や葛飾《かつしか》の村落、遠くは雲煙《うんえん》のかなたに房総の山々を望むことができた。

花川戸からの道は、待乳山のふもとで二股に分かれていた。右へいくと浅草今戸町、左は奥州街道である。徳三郎が足を向けたのは左の道だった。

それを見定めると、以蔵は急に歩度をゆるめて、うしろから来る旅人らしき二人の男を先に行かせた。道は北に向かってほぼ一直線に走っている。ここまで来ればもう徳三郎を見失う恐れはない。

（行き先は千住宿か……）

以蔵の読みどおり、徳三郎は千住大橋をわたっていった。その先に千住掃部宿《かもんじゅく》の町明かりが見える。以蔵の足が速まった。ほとんど小走りになっている。

宿場通りの雑踏にまぎれて、以蔵は一気に追尾の距離を縮めた。

顔を青っ白に塗りたくった旅籠の留女《とめおんな》たちが、甲高い声を張り上げながら、先を行く徳三郎の袖を引いている。徳三郎はまるで杣人《そまびと》が鉈《なた》で枝を払うように、女たちの手を荒々しく振り払いながら歩いてゆく。

千住一丁目から三丁目にかけて、飯盛旅籠が軒をつらねている。売色を目的とした淫売宿である。店先に男たちが群がっている。徳三郎はその前を素通りして、四丁目の路地角の小さな商家に入っていった。

あとを追ってきた以蔵は、その商家の看板を見て思わず息を飲んだ。軒下に吊るされた大きな袋に『巴屋』の屋号が記されている。

その店が、両国米沢町の『巴屋』の出店であることは疑う余地がなかった。

以蔵は路地角に佇んで徳三郎が出てくるのを待った。

千住宿は、兵庫の父・清右衛門の死体が発見された場所である。その千住宿に『巴屋』の出店があった。単なる偶然とは思えない。

「おう、以蔵ではないか」

いきなり背後から野太い声がかかった。ふり向くと、粗末な身なりの武士が三人立っていた。以蔵はその三人を知っていた。御鷹同心《おたかどうしん》の磯貝《いそがい》、井沢《いざわ》、松崎《まつざき》である。

「あ、これはどうも、とんだところで……」

気まずそうに笑って、以蔵はぺこりと頭を下げた。

「女を買いに来たのか」

磯貝がずけりといった。

井沢と松崎が、小馬鹿にしたような笑みを浮かべて立っている。

御鷹同心は御鷹匠《おたかじょう》支配に属し、将軍が鷹狩りをするさい、狩り場周辺の警護にあたるのがその任である。役高は三十俵三人扶持から十五俵二人扶持まであった。

将軍家の鷹や隼《はやぶさ》を飼育、調教する御鷹匠支配は、戸田家と内山家の二家あった。

戸田家は千駄木に、内山家は雑司谷《ぞうしがや》に広大な御鷹屋敷をかまえ、御鷹衆十五人、御鷹同心五十人を支配下においていた。井沢や磯貝、松崎は内山家の御鷹同心である。

御鷹匠たちは、鷹馴らしのためにしばしば品川や内藤新宿、板橋、千住などの郊外に出向いた。そのさい幕府の威光を笠にきて旅籠に泊まりこみ、宿のあるじに酒色を強要したり、鷹を放って田畑を荒らし、農民から金品をせびったりしていた。

享保七年（一七二二）七月。鷹狩り好きの八代将軍吉宗は、さすがに彼らの横暴を見かねて、

「郊外で鷹を馴育《じゅんいく》するさいは、将軍や幕府の鷹ではなく、個人所有の鷹と心得て慎み深く行動し、農民を酷使したり饗応をうけたりしてはならない」

と厳しく布達した。しかし、一時鳴りをひそめていた御鷹匠たちも、吉宗が没した

のち、ふたたび横暴を重ねるようになり、人々から蛇蝎《だかつ》のごとく嫌われていた。

おそらく磯貝たちも、鷹馴らしの帰りにどこかの旅籠で酒食の饗応を受けてきたのであろう。酒臭い息を吐きかけながら、

「お前の好みはどんな女だ？」

「細身の鶴女か、それとも脂がのった鴨肉女か」

などと、からかいながら以蔵を小突きまわした。

御鷹匠と鳥見役は、同じ若年寄の支配下にありながら、それぞれ独立した組織になっていた。幕末期、大目付や町奉行を歴任した山口泉処《せんしょ》は、『旧事諮問録《ふるきことたずねしきろく》』で、

「御鳥見役は在の目付、御鷹匠の目付であります。それは御鷹匠が鷹を権にかって、暴れて困るからであります」

と述べている。つまり御鷹匠と御鳥見役は、職掌上、対立関係にあったのである。

とりわけ雑司谷の内山家の鷹匠たちと千駄木の鳥見役は仲が悪かった。

（悪い相手にぶつかっちまった）

腹の底で苦々しくつぶやきながら、以蔵はひたすら頭を下げて三人をやり過ごそうとしたが、以蔵が下手に出れば出るほど、磯貝たちは図に乗るばかりだった。

「餌撒の以蔵が、千住くんだりまで女を買いにくるとは、千駄木の鳥見役も羽振りがよくなったものよのう」

「と、とんでもございません」

「のう以蔵、ついでにわしらにも女を奢《おご》ってくれぬか」

「生憎ですが、持ち合わせがございませんので……」

「なに、市中にくらべれば千住の飯盛女郎は安いものだ。さ、行こう」

と、松崎が強引に以蔵の腕をとった。

「あ、あの……、どうかこれでご勘弁を……」

以蔵はふところから素早く小粒を取り出して、松崎の手ににぎらせると、身をひるがえして一目散に逃げ出した。

「待て！」

追おうとしたが、もう以蔵の姿は人混みの中に消えていた。松崎がいまいましげに舌打ちしながら、手のひらの小粒をポンとはじいて、

「仕方ない。これで飲みなおすか」

あごをしゃくって磯貝と井沢をうながした。

第三章　川越夜船

1

徳三郎を奥の部屋に案内したのは、二番番頭の長次郎だった。まだ三十二歳という若さである。あるじの利兵衛に見込まれて千住の出店をまかされただけあって、歳のわりに隙のない、したたかな面がまえをしている。

「どうだい？　商いのほうは……」

茶をすすりながら、徳三郎が訊いた。

「順調にいっております」

長次郎がそつなく応える。

「旦那に内緒で少し用立ててもらいたいのだが」

それがどんな金なのか、聞かなくても長次郎には分かっていた。

「いかほどお入り用なので？」

「できれば二百」

「生憎ですが、二百ともなると、今すぐというわけには……」

「百ならどうだ？」

それでしたらなんとか、といって長次郎は立ち上がり、違い棚の金箱から切り餅を四つ（百両）取り出して、徳三郎の膝前に差し出した。

「長次郎」

「はい」

「この企てがうまくいったら、おまえを両国の本店の番頭に取り立ててやる」

「ありがとう存じます」

「よいな。くれぐれもこのことは内密だぞ」

「心得てございます」

「じゃ、急ぐので」

切り餅を袱紗《ふくさ》に包むと、徳三郎は菅笠をかぶってあわただしく出ていった。

千住宿から江戸市中にもどった徳三郎は、米沢町の店には立ちよらず、下鳥越町で町駕籠をひろって小石川に向かった。

駕籠が小石川御門にさしかかったころ、市谷八幡の時の鐘が鳴りはじめた。夜四ツ

（午後十時）を告げる鐘である。

それからほどなく、徳三郎をのせた駕籠は、とある旗本屋敷の前でとまった。

豪壮な屋敷である。門構えは両番所付きの長屋門、白壁の塀で囲繞《いにょう》された敷地は千坪もあろうか。一見して二、三千石級の旗本屋敷と分かるたたずまいである。

門扉は固く閉ざされているが、門番所の無双窓にはほんのりと明かりがにじんでいる。駕籠から降りた徳三郎は、その窓に歩みよって、低く声をかけた。

「夜分恐れいります。『巴屋』の番頭・徳三郎と申します。お殿さまにお取り次ぎ下さるようお願い申しあげます」

応答はなかった。門番所を出る足音がして、ほどなく潜り門の扉が開いた。

「ありがとう存じます」

門番に深々と頭を下げ、徳三郎は小走りに門内に姿を消した。

玄関で応対に出た若党が、徳三郎を表書院に案内した。

ややあって、五十がらみの恰幅のよい武士が入ってきた。すでに床についていたのだろう。白綸子《しろりんず》の寝間着の上に鬱金《うこん》の羽織をはおり、眠たそうな眼でちらりと徳三郎を一瞥して着座した。

「お寝《やす》みでございましたか」

「うむ」

武士が鷹揚にうなずいた。歳のわりに髪も眉も黒々としている。顔はぎらぎらと脂ぎり、太い眉の下の眼光はするどく、見るからに野心家といった感じの面貌である。

直参旗本二千五百石・土屋讃岐守信行《さぬきのかみのぶゆき》。目付や小普請奉行、京都町奉行などを歴任し、五年前に勘定奉行の要職についた、幕閣の重臣である。

「また一つ、御前さまのお力添えをいただきたいと存じまして、夜分をわきまえず参上つかまつりました」

ことさらへりくだった口調で徳三郎がそういうと、分かっている、といわんばかりに土屋は大きくうなずいた。

「今度は誰じゃ」

「手前どものあるじでございます」

徳三郎はためらいもなく応えた。

「利兵衛か」

「御前さまもご承知のとおり、あるじの役割はすでに終わりました。これからは手前が『巴屋』の商いを仕切りたいと存じます」

「じつはな、徳三郎……」

土屋が膝を乗りだした。

「その件でわしの耳にも悪い報せが入っておる」

「悪い報せ……、と申されますと?」

「利兵衛の身辺に探りの手が迫ったそうじゃ」

「そ、それはまことでございますか」

「うむ。このへんが潮時かもしれぬ」

「では――」

「利兵衛には消えてもらおう。わしのためにもそちのためにもな」

「重ね重ねご無理なお願いをいたしまして恐縮に存じますが、一つよしなに……」

深々と低頭し、袱紗包みの金を土屋の前に差し出した。土屋はさも当然そうにそれを受け取ると、ゆったりと腰をあげて、

「いずれにせよ、用心に越したことはない。ほとぼりが冷めるまで例の商いは控えめにしておいたほうがよいぞ」

と、いいおいて部屋を出ていった。


翌日は朝から雨だった。

霧のように細かく、凍てつくように冷たい雨である。

鳥見役組頭・刈谷軍左衛門の屋敷の十畳ほどの板間には大きな囲炉裏があり、榾火《ほだび》が赤々と燃え立っていた。

自在鉤に吊るした鍋がぐつぐつと音を立てている。

軍左衛門と兵庫、以蔵が囲炉裏のまわりに座して雑炊《ぞうすい》をすすっていた。

「千住に『巴屋』の出店があったか……」

たったいま以蔵から受けた報告を反芻《はんすう》するように、兵庫がぼそりとつぶやいた。つぶやきながら心の底で、そのことに気づかなかったうかつさを悔やんでいた。もっとも、兵庫が千住で聞き込みをしていた時点では、まだ『巴屋』の疑惑は浮上していなかった。出店の存在に気づかなかったとしても無理はないのだが……。

「それにしても……」

以蔵が顔をあげて、

「悪い連中に出くわしちまったもんです」

苦々しげにいった。三人の御鷹同心のことである。尾行の邪魔をされた上、金までせびり取られたとあっては、以蔵の面目が立たない。その無念さがありありと顔ににじみ出ていた。

「そやつらも一枚嚙んでいるのではあるまいな」

と疑念をはさんだのは、軍左衛門である。

「いえ、それは……」

以蔵が言下に首をふった。

「やつらが『巴屋』とつるんでいたら、今頃あっしは荒川の川底に沈んでおりやす」

清右衛門の例もある。それを思い出して、軍左衛門も納得した。

「連中はただのたかり屋ですよ」

「それはともかく……」

兵庫が気を取り直すようにいった。

「『巴屋』の出店を突きとめただけでも大手柄だ。日をあらためて、おれがその店に探りを入れてみる」

「いや、それはまずい」

軍左衛門が険しい顔で手を振った。

「おぬしと以蔵は面が割れている。ほかの者にやらせたらどうだ?」

以蔵はともかくとして、兵庫が千住宿の人間に顔を知られているのは事実だった。

煮売り屋の亭主や下働きの女、その店の客たち、そして聞き込み先の人々……。数えあげたらきりがない。その中に「敵方」の人間がいたとしても不思議はないだろう。

実際、兵庫は聞き込みの帰りに三人の浪人者に襲われている。

「ほかの者と申しますと?」

兵庫が訊きかえした。

「〝源の字〟はどうかな」

軍左衛門の直属の配下で「餌撒役」をつとめている源次のことである。歳は兵庫より一つ下だが、密偵としての力量は、以蔵に勝るとも劣らない。

「あの男なら必ず何かつかんでくる。おぬしが出張るのはそれからでも遅くはあるまい」

「はあ」

異存はないが、できればすぐにでも『巴屋』の出店に乗り込んで、自分の手で真相を探りたい、という衝動が兵庫の胸を突きあげていた。それを見抜いたかのように、

「その間、おぬしと以蔵には、表の仕事をやってもらわなければならぬ」

軍左衛門がびしっといった。

「表の仕事？」

「年明け早々、大納言《だいなごん》さまが品川の狩り場で放鷹《ほうよう》をなさりたいと仰せられているのだ」

大納言とは、十代将軍家治《いえはる》の世子・家基《いえもと》のことである。

家基は、宝暦十二年（一七六二）家治の愛妾・津田氏との間に生まれた。その二か月後に側室・阿品局《おしなのつぼね》に次男の貞次郎が生まれたが、生後わずか三か月で早世したため、ひとり残された長男の家基に、父の家治は非常な期待をかけていた。

明和三年（一七六六）四月、従二位権大納言の叙任をうけた家基は、やがて十一代

将軍の座をつぐべく、父・家治の寵愛と周囲の手厚い傅育《ふいく》のもとですくすくと育った。今年十七歳。身体壮健、才気煥発な家基は、とくに鷹狩りを好み、この年だけでも中野辺や亀有辺、千住辺、目黒辺と十数回も鷹狩りに出かけている。

家基の鷹狩りの日程が決まると、二組の鳥見役（雑司谷の西屋組と千駄木の刈谷組）は、交代で鷹場の管理や渡り鳥の飛来状況などを調査しなければならなかった。来春の事前調査は、刈谷組の担当である。

「それが我らの本務なのだ。組下の鳥見役二十二名、総力を挙げてこの仕事にあたらなければならぬ。おぬしだけを外すというわけにはいかんのだ」

将軍家世子の鷹狩りは、幕府の一大行事でもある。この行事に万一不手際があれば、軍左衛門の責任が問われかねない。そのことは兵庫も十分承知している。

「分かりました。御支配のお指図に従います」

からりといって、食べおわった茶碗を囲炉裏の縁においた。そこへ、

「お食事は終わりましたか」

初老の小柄な女が入ってきた。軍左衛門の妻女・佐和である。品のよい顔だちをしているが、その挙措、物腰には気さくといっていい雰囲気がただよっている。

「へい。このとおり遠慮なく……」

以蔵が囲炉裏の上の鍋を指さした。ほとんど鍋は空になっている。

「では、お茶でもいれましょう」

自在鉤から鍋を外して、佐和は台所に立ち去った。その姿を横目でちらりと見ながら、

「八重どのはお出かけですか？」

兵庫がさり気なく訊いた。

「うむ。湯島の草寿庵《そうじゅあん》にな。茶の湯の稽古に出かけておる」

応えて、軍左衛門は急に声をひそめた。

「ちかごろ八重の様子がおかしいのだ」

「おかしい？」

「どことなく、そわそわしておってな……、出かけるたびに帰りも遅くなった」

「…………」

兵庫は黙っていた。おそらく茶の湯の稽古の帰りに正木誠四郎と密会しているのだろう。

「あれも年頃だからな。浮いた話の一つや二つあっても不思議ではないのだが……、親のわしに隠しているというのが、どうも気にいらん」

愚痴ともぼやきともつかぬ口ぶりで、軍左衛門がいった。

（もし御支配が八重と誠四郎の仲を知ったらどう思うだろう？）

兵庫はそのことを考えていた。二人が添いとげるつもりで付き合っているなら、むろん軍左衛門も反対はすまい。

だが、誠四郎にその気がないことは明白だった。軍左衛門がそれを知ったら烈火のごとく怒るに違いない。同時に、八重の心に生涯消えることのない深い傷を残すであろう。

「兵庫……」

軍左衛門が向き直った。

「八重に会ったら、おぬしの口から聞き出してもらえぬか」

「はあ」

と兵庫はあいまいにうなずいた。が、眼が泳いでいる。明らかに困惑の表情である。

「どうぞ」

佐和が茶を運んできた。兵庫は救われたような気分になった。八重の話題が中断したことにホッと安堵し、茶を受けとってごくりと飲みほした。

2

朝から降りつづいた雨が、夜になってみぞれに変わった。

凍えるような闇が、江戸の街をすっぽりつつみ込んでいる。

時刻は五ツ半（午後九時）ごろ、人影が絶えてひっそりと静まり返った伊勢堀沿いの道を、番傘をさして足早に歩いてゆく男の姿があった。『巴屋』のあるじ・利兵衛である。

妾宅からの帰りだった。

半年ほど前、日本橋駿河町の小料理屋につとめていたお由《よし》という小女を見そめて、伊勢町の貸家に囲ったのである。それ以来、利兵衛は足しげくお由のもとに通いつめていた。

お由は今年二十《はたち》になったばかりの女である。器量は十人並み。女房のお勢にくらべれば閨技《ねやわざ》も肉体《からだ》も未成熟で、若さだけが取り柄の女だったが、利兵衛はその若さにのめり込んでいた。

小ぶりだが弾力のある乳房、引き締まった腰、しなやかな四肢……。何もかもが新鮮で刺激的だった。今夜も精がつきるほどお由の体を食らいつくしてきた。その余韻がまだ体の芯に残っている。お由のあられもない肢体が脳裏をよぎった。

「ふっ、ふふふ……」

思わず利兵衛はふくみ笑いをもらした。

番傘にぱらぱらとみぞれがはじけている。吐き出す息が煙のように白い。ぶるっと身震いすると、利兵衛は肩をすぼめて歩度を速めた。

道浄橋《どうじょうばし》をわたったときである。橋の北詰めの柳の木の下に惘然《ぼうぜん》とたたずむ人影を見て、利兵衛はふと足を止めた。こんな夜中に、それもみぞれが降りしきる寒空の下で〝待ち人〟でもあるまい、とけげんそうに闇に眼をこらすと、人影が柳の木の下からゆっくり歩を踏み出してきた。

刹那、利兵衛の背筋に電撃のような戦慄がはしった。闇の中に立ちふさがったのは大兵の武士だった。しかも黒布で面をおおっている。

「て、手前に何か……？」

「死んでもらおう」

低い、陰気な声が返ってきた。

「ひっ」

と叫んで利兵衛が身をひるがえした瞬間、覆面の武士が怪鳥《けちょう》のごとく身を躍らせた。

同時に一閃の銀光が闇にはしり、
ばさっ。

と番傘が裂けた。その裂け目からおびただしい血しぶきと白い脳漿《のうしょう》が飛び散り、利兵衛の体が丸太のように橋の上に倒れた。そのかたわらを、開いたままの番傘がカラカラと音を立てて転がってゆく。

鍔鳴《つば》りが響《どよ》めいた。

刀を鞘におさめて、覆面の武士は悠然と闇に消えていった。

大粒のみぞれが容赦なく利兵衛の死体に降りそそいでいる。

酸鼻《さんび》の一語につきた。

脳天が真っ二つに打ち砕かれ、頭蓋《ずがい》の割れ目から白い脳漿があふれ出ている。まるでぐずぐずに崩れた豆腐だった。鼻や口、そして両耳からも血泡が噴き出している。武士の放った一刀がいかに凄まじいものだったか、この無惨な死体が如実に物語っていた。


翌朝――。

鳥見に出かけるために、兵庫はいつもより早めに起きて、昨夜の残り飯に湯をかけて腹に流しこみ、手早く身支度をととのえた。ぶっさき羽織に野袴、紺の手甲がけというでたちである。塗り笠をかぶり、腰に双刀をさして立ち上がったところへ、

「兵庫、起きているか」

玄関で声がした。出て行くと、三和土《たたき》に二人の武士が立っていた。一人は父の同輩・森田勘兵衛、もう一人は二十一、二の若い侍・鳥見役見習いの狭山《さやま》新之助である。

鳥見役二十二名と見習い五名の総計二十七名は、三人一組となって九班に分かれ、

今日から品川の狩り場を見回ることになっていた。兵庫は勘兵衛の班に組みこまれたのである。

「おぬしはこれを持ってくれ」

勘兵衛が麻縄の束を二つ、どさっと三和土においた。二つ合わせて四百尋《ひろ》（約六百メートル）はあるだろう。かなりの重量である。

兵庫は、その束を左右の肩にたすき掛けにかけて立ちあがった。勘兵衛と新之助は長さ三尺ほどの角材の束を背負い、腰に掛矢《かけや》（木槌）をぶら下げている。

「さ、行こう」

勘兵衛にうながされて表に出た。

白々と朝陽がさしている。昨夜降ったみぞれが凍結して、道が白く光っている。吐き出す息も煙のように白い。

五ツ半（午前九時）ごろ、品川宿についた。

品川宿は目黒川を境に北品川宿と南品川宿の二つに分かれている。この二宿に二日《ふつか》五日村《いつかむら》・下大崎村・居木橋村《いるぎばしむら》・上大崎村・谷山村・桐ケ谷村・戸越村・上蛇窪村《かみくびくぼむら》・下蛇窪村・大井村・中延村《なかのぶむら》・小山村の十二村を併せて「品川」と総称した。一部の寺領をのぞいて、関東郡代伊那氏が支配する天領（幕府直轄地）である。

南品川宿からさらに南へ下ると、右に岐《わか》れる道があった。徳川氏以前からの旧東海道で、池上本門寺をへて中原街道につながる〝池上道《みち》〟である。

三人は池上道に歩をすすめた。

四半刻（三十分）も歩くと、周囲の景色は一変した。見わたすかぎり冬枯れの田園地帯である。田畑や疎林があり、湧水池があり、沼沢があった。

この一帯に居住する農民は、江戸城に近いという理由で、鑑賞用の松虫や鈴虫・蛍《ほたる》、食用の生たんぽぽ・よもぎ・はこべなどを納入することを命じられていた。

また、三月ごろには御飼鳥《おかいどり》の生き餌《え》として、けら虫を毎日百五十匹ずつ上納することも義務づけられていた。ほかにも蚊遣《かや》り御用のための杉の葉や薬用の赤蛙など、献上品の種類は多品目にわたっている。

将軍家の狩り場は、大井村にあった。この村には「水神の池」や九頭竜権現《くずりゅうごんげん》の「柳の清水」などの湧水池が多くあり、野鳥たちの絶好の生息地となっていた。

先を行く森田勘兵衛が、沼池のほとりで足をとめ、額に手をかざして四囲を見まわした。対岸の枯れ葦の茂みに数十羽の野鴨《のがも》が群がっている。視線を転じると、べつの茂みには雁《かり》の群れがいた。

「……今年は遅いな」

勘兵衛が苦い顔でつぶやいた。

鶴や白鳥、鷺《さぎ》などの大型の渡り鳥の姿が見当たらないのである。昨夜はみぞれが降るほど冷え込みが厳しかったが、それでも例年にくらべるといくぶん暖かい。

鶴や白鳥の飛来が遅れているのはそのせいであろう、といって、勘兵衛は背負っていた角材の束を枯れ草の上に下ろした。

勘兵衛は老練の鳥見役である。雲の流れ、風の向き、その場所場所の地形や土の匂いなどで、鳥の種類とその数、飛来する時期などをぴたりといい当てることができた。ほとんど神技といっていい。

「よし、この『代《しろ》』に決めよう」

勘兵衛がいった。「代」とは、鷹の獲物が生息する場所のことをいい、山物《やまもの》（雉《きじ》・鶉《うずら》・兎など）は山の叢林や灌木地帯、田物《たもの》（鶴・鷺・鴨・雁など）は湿原・沼沢・河川をおもな「代」としている。その「代」のまとまった場所や、江戸城からの交通が便利な場所が、良好な鷹場とされていた。

将軍家の鷹場は、別名「御拳場《おこぶしば》」ともいう。鷹狩のさい、将軍がみずから鷹を拳の上にのせて獲物をねらわせたところから、その名がついたという。

「御拳場」の管理に関する法度には、
一、他者の鷹遣いを始め、狩りの禁止、不審者（密猟者）の取り締まり。
一、獲物を同じくする犬猫やその他害獣の駆除。
一、獲物を驚かさぬよう、音響、案山子《かかし》、魚漁、家屋造作の制限、禁止。

などが定められており、そのほかにも鷹遣いのための道の造成、橋や舟の営繕、田の水落とし、下草刈り、鷹の餌になる小鳥の餌づけ、獲物の輸送など、さまざまな役務が鳥見役には課せられていた。

カーン、カーン……。

勘兵衛と新之助が、掛矢で角材を打ち込みはじめた。これは「代」を保全するための傍示杭《ぼうじぐい》で、その杭に麻縄を張っていくのが兵庫の仕事だった。

初めてこの仕事に従事した兵庫にとって、「代」の保全作業はかなりの重労働だったが、勘兵衛と新之助はさすがに手なれたものだった。杭を打ち込みながら、どんどん先へと進んでゆく。気がつくと、いつの間にか二人の姿は枯れ葦《あし》の茂みの奥に消えていた。

風もなく、おだやかな日和である。陽はすでに真上にあった。

兵庫は麻縄をむすぶ手を止めて、額の汗をぬぐった。

虚しい気分になった。

たかが将軍世子の鷹狩りのために、二十七人もの鳥見役たちが、この広大な枯れ野のあちこちで汗を流して傍示杭を打ちこみ、麻縄を張りめぐらしている。それを思うと虚しいというより、情けなくなってくる。

こんな仕事のどこに武士の矜持《きょうじ》があるのか。やはり家督を継ぐべきではなかった。家名を棄てて、浪々の身になっても、剣の道を歩み、幼いころからの夢を追うべきだったのではないか。

兵庫の胸にかすかな悔恨がよぎった。

「若ァ……！」

ふいに背後で声がした。振りむくと、以蔵が三人の百姓ふうの男をしたがえて、小走りに駆けよってきた。男たちは背中に大きな布袋を背負っている。これは鳥寄せのための籾《もみ》をつめた袋である。

「おう、以蔵か」

「精が出やすね」

「ひと息入れていたところだ」

「『代』に餌を撒かせてもらいてえんですが」

「かまわぬ。やってくれ」

三人の男たちは、鳥見役から「餌撒き」を委託された百姓である。給金は三人扶持から五人扶持。鳥の「代」に毎日五合の籾を撒くのが、彼らに課せられた仕事だった。

「昼めしを持ってまいりました」

以蔵が竹皮に包んだにぎり飯を差し出した。

「すまんな」

二人は枯れ草のうえに腰をおろして、にぎり飯を頬ばりはじめた。

3

「夕べ、また事件が起きやしたよ」

以蔵が思い出したようにいった。

「事件？」

「巴屋のあるじが殺されやした」

「なに！」

兵庫の手が止まった。

「刀で脳天を叩き割られやしてね」

「刀で？……というと下手人は侍か」

「町方は辻斬りの仕業じゃねえかと……」

「それは違うな」

兵庫が言下に否定した。

辻斬りの目的は新刀の「様斬《ためしぎり》」と相場が決まっていた。

首斬り浅右衛門は「新刀御様御用」のさい、罪人の死骸を土壇場《どたんば》に据えて、胴を真っ二つに斬ったという。これはあくまでも御腰物奉行から依頼された公式の様斬だが、非合法の様斬（辻斬り）の場合でも、刃こぼれを避けるために胴を斬るのがふつうである。

頭蓋骨を叩き割るといった荒技は、まず考えられなかった。刃こぼれどころか、へたをすれば大切な刀を折ってしまう恐れがあるからである。

（利兵衛は口をふさがれたのだ）

兵庫はそう確信した。

兵庫の父・清右衛門も刀で袈裟がけに斬られて死んだ。お峰の話によれば、お袖と弥吉を殺したのも侍の仕業に違いないという。そして、今度は巴屋のあるじ・利兵衛……。姿の見えぬ何者かが、事件の鍵をにぎる人物たちを次々に闇に屠《ほふ》っている。

「以蔵……」

竹筒の水をごくりと飲みほして、兵庫がいった。

「どうやらこの事件は、思ったより根が深そうだな」

その根の先にある〝巨木〟の実体が見えぬことに、兵庫は内心苛立っていた。

「源次は動き出したのか」

「へえ。じつはそのことで、夕べ、源次と酒を飲みながら、今後の段取りを示し合わせてきたんですがね」

源次は以蔵の弟分格の密偵である。ふだんから気心が知れた仲だった。

「千住の住民たちに怪しまれねえように、しばらく宿場に根をおろして、出店の動きを探ってみるといっておりやした」

「しばらく、というと……？」

「ふた月や三月はかかるかもしれやせん」

「そうか」

兵庫は嘆息をもらした。

一日も、いや一刻もはやく事件の真相を解明し、父・清右衛門の仇を討ちたいという兵庫の気持ちは、以蔵にも痛いほどよく分かる。だが「敵」が一筋縄でいくような相手ではないことは、兵庫も知っているはずだ。

「急がば回れといいやすからね。ここは待ちの一手です」

「うむ」

と、うなずいて、

「いずれにしろ。おれもしばらくは『表』の仕事から離れられん。源次との連絡《つなぎ》はおまえに任せる。何かあったら知らせてくれ」

兵庫はゆっくり腰をあげて、ふたたび傍示杭に麻縄をむすびはじめた。

日暮れとともに一日の作業は終わった。

森田勘兵衛と狭山新之助は、兵庫をおいて一足先に帰った。自分たちの仕事が終わると、ほかの者の仕事を手伝わずにさっさと引き揚げるのが、どうやら鳥見役の流儀らしい。

「めしでも食っていくか」

兵庫は以蔵をさそって、南品川宿の一膳めし屋で夕食をとり、七ツ半（午後五時）ごろ帰途についた。

北品川宿の繁華な通りをぬけて、八ツ山下にさしかかったころには、淡い夕闇が墨色の宵闇に変わっていた。身を切るような寒風が街道をふきぬけてゆく。

しばらく無言で歩いていた兵庫が、

「以蔵、聞こえるか」

低く声をかけたのは、八ツ山下の一里塚を通りすぎたときだった。先刻からひたひたと足音が尾《つ》けてくる。

「へえ」

以蔵も気づいていた。

「振り向くな。そのまま歩きつづけろ」

「へえ」

二人は同じ歩調で歩きつづけた。接近してくる足音で、兵庫は尾行者の数を読んだ。三人。それも革草鞋《かわわらじ》をはいている。武士に違いなかった。

歩きながら、兵庫は右手で刀の柄袋をはずし、たもとに押し込んだ。以蔵の右手も懐中の匕首の柄にかかっている。

「来るぞ」

兵庫が低くいった。と同時に尾行者の足音が小走りに背後に迫ってきた。歩をとめて振りむくと、二間ばかり後方に、三つの人影が立っていた。薄汚れた身なりの武士である。

それを見て、

「夕べの御鷹同心です」

と以蔵がささやくようにいった。武士たちは昨夜千住宿で出会った鷹同心の磯貝、井沢、松崎だった。三人とも笠はかぶらず、手拭いで頬かぶりをしている。

「また酒代をたかりに来たんですかい？」

以蔵が皮肉な口調でいうと、

「貴様は黙ってろ」

磯貝が怒声を発して、兵庫に突き刺すような視線を向けた。

「乾の倅《せがれ》というのは、おぬしか」

「おれに何の用だ？」

「死んでもらう」

「鷹同心に命をねらわれる覚えはない。誰に頼まれた？」

「それはいえぬ」

三人がぎらりと刀を抜いた。井沢と松崎は足を摺りながら、左右に回り込んでいる。

兵庫は油断なく刀の柄に手をかけ、磯貝の顔を見据えていった。

「頼みぬしからいくらもらった？」

そげた頬に卑《いや》しい笑みを浮かべて、磯貝が応えた。

「一年は遊んで暮らせるほどの大金だ」

「十両か」

「ま、そんなところよ」

と井沢も喉を鳴らして嗤った。

「安いな」

「なに？」

「たった十両でおのれの命を売るとは……、鷹同心も焼きが回ったようだな」

「ほざくな！」

叫ぶなり、松崎が斬り込んできた。兵庫は一歩横に跳び、抜きつけの一刀で切っ先をはね上げると、反転した松崎の背中を柄頭で思い切り突き飛ばした。

前のめりに泳いだ松崎の脾腹《ひばら》に、以蔵が諸手《もろて》にぎりの匕首を叩きこむ。その間に、兵庫は身をかがめて片膝をつき、左からの井沢の斬撃をかわして、逆袈裟に薙ぎあげた。

切断された首の血管《ちくだ》からびゅっと血潮がしぶいて、井沢は声もなく仰向けにころがった。すぐに刀を返して青眼にかまえた。磯貝がそこに立っていた。顔が青ざめている。切っ先から闘気がうせていた。

「ひ、引いてくれ」

声を顫《ふる》わせて磯貝は後ずさった。

「命乞いか」

「おぬしに遺恨はない。金が欲しかっただけだ」

「巴屋のあるじを殺したのも貴様たちか」

「巴屋？……何のことだ」

「知らぬのか」

「わしが頼まれたのは……、おぬしだけだ」

「その頼み人の名を明かしてくれたら、命は助けてやろう」

「そ、それは……、いえぬ」

「………」

兵庫は無言のまま、切っ先を磯貝の顔に向けた。

「頼む。助けてくれ。わしには妻や子がいる」

「もう遅い」

「わしを斬ったら、内山家が黙ってはおらんぞ！」

磯貝が開き直るようにわめいた。

雑司谷《ぞうしがや》の御鷹匠支配・内山永清《ながきよ》、千石高の旗本である。『寛政重修諸家譜《かんせいちょうしゅうしょかふ》』によれば、宝暦二年（一七五二）四月九日に家督を継ぎ、同十年（一七六〇）五月より本城に勤仕し、明和七年（一七七〇）六月に御鷹匠の頭に転任した、とある。

今年六十六歳。支配下に鷹匠組頭二名、鷹匠十六名、同見習い六名、鷹匠同心五十名、御鷹犬牽《いぬひき》三十名をおき、雑司谷の屋敷で飼育する将軍家の鷹や隼《はやぶさ》類は五十連をかぞえる。

鳥見役などは足もとにもおよばぬ規模であり、権勢だった。

「貴様ごときが刃向かえる相手ではない。さ、刀を引け！」

「おぬしが死んだら、誰が内山家にこのことを報せるのだ？」

「あ」

虚をつかれたような顔になった。同時に鋭い鋼《はがね》の音がひびき、磯貝の刀が宙に舞った。兵庫が刀をはねあげたのだ。はずみで磯貝はぶざまに尻餅をついた。水平にかまえた兵庫の剣尖が、磯貝の胸元にぴたりとついている。

「た、頼む」

しぼり出すような声で磯貝が哀願した。そして、それが最後の言葉になった。

ずぶっ。

鈍い音とともに、切っ先が深々と磯貝の左胸をつらぬいた。、血は出ない。切っ先はあばらとあばらの間を正確につらぬき、心の臓を突き刺して背中にぬけていた。

磯貝は信じられぬような顔で、胸に突き刺さった刀を両手でにぎっている。それを一気に引きぬいた。まるで酒樽の栓を引きぬいたように、心の臓から凄い勢いで血が噴出した。

ほとんど無意識裏に、磯貝は胸の傷口を手でふさいでいた。必死に血を止めようとしているのだが、抑えた指の間から飛散する血しぶきは一向に止まらない。

みるみる顔が青ざめていった。尻餅をついたままの恰好で、磯貝は胸元から噴き出る血を虚ろに見ている。だが、実際には何も見ていなかった。すでに命は絶えている。

刀身にべっとり付着した血脂《ちあぶら》を、懐紙でぬぐいとって納刀すると、

「行こう」

兵庫はあごをしゃくって以蔵をうながした。

「おどろきやしたね」

歩きながら、以蔵が暗澹《あんたん》といった。

「鷹同心が若の命をねらうなんて――」

「やつらは金で頼まれただけだ。おれの命をねらっている者はほかにいる」

「けど、いってえ誰が……?」

「おれが探索に動いていることを知っている者だ」

兵庫が低く応えた。声がいかにも苦い。

「敵」は兵庫の動きをつぶさに知っている。だが、兵庫には「敵」の姿がまったく見えない。その見えない「敵」の手にかかって、すでに三人の男が死んでいる。

父・清右衛門、薬売りの弥吉、巴屋の利兵衛。そして……、

(次は、おれの番というわけか)

うそ寒そうに兵庫はぶるんと身震いした。

4

それから半月がたった。

季節はもう師走である。心なしか町を行き交う人々の足取りもあわただしい。

日増しに寒気がつのる中、あいかわらず兵庫は鷹場の「代《しろ》」の保全作業のために、森田勘兵衛や狭山新之助とともに品川の鷹場に通う日々を送っていた。

その間、事件の探索はほとんど進展を見ないまま、時だけが無為にすぎていった。千住宿に潜伏した源次からも、とりたてて目新しい情報は入ってこなかった。

文字どおり手詰まり状態である。

そんなある日、以蔵は下っ引時代の仲間から有力な情報を得た。薬売りの弥吉がつい最近まで住んでいたという長屋が分かったのである。

早速、以蔵は本所に足を運んだ。

竪川沿いの道を東へ下り、三ツ目橋の手前を左に折れた路地裏に、その長屋はあった。

長屋木戸のわきの井戸端で中年の女が洗濯をしていた。

「ちょいと訊ねるが、薬売りの弥吉が住んでいたのは、どの部屋だい？」

「ああ」

女が顔をあげた。職人の女房だろうか。見るからに人の好さそうな顔をしている。

「弥吉さんなら、うちの隣に住んでましたよ」

「じゃ、よく知ってるんだな」

「独りもんでしたからね。たまにはお惣菜を届けてやったり、もらい物のお裾分けをしてやったりしてましたよ」

「どんな男だった？」

「いい人でしたよ。気がやさしくて、男前で……」

この女は、弥吉が殺されたことをまだ知らないらしい。

「人付き合いはあったのかい？」

「越してきて半年ほどは、ほとんど付き合いはありませんでしたがね。一年ばかり前から、どこかのお店《たな》の番頭さんらしき人がちょくちょく訪ねて来るようになりましたよ」

「番頭らしき男？」

一瞬、以蔵の脳裏に『巴屋』の徳三郎の顔がよぎった。

「そのころから、弥吉さん、急に羽振りがよくなりましてねえ。着るものも上等になったし、深川のお茶屋さんにも出入りするようになったとか……」

「弥吉はなぜ長屋を出ていったんだい？」

以蔵が訊くと、女は洗濯の手をとめて、濡れた手を手拭いでふきながら、けげんそうに以蔵の顔を見た。

「失礼ですけど、お宅さんは？」

警戒するような口調である。

「おれは茅場町《かやばちょう》の下っ引で以助ってもんだ。ある事件のことで、弥吉に訊きてえことがあってな」

以蔵はたもとから一朱判金を取り出して、すばやく女の手ににぎらせた。一朱は二百五十文である。腕のいい大工や佐官の日当が四百文だから、その半分以上に相当する金である。とたんに女の顔がほころんだ。

「じつはね。あたし、聞いちまったんですよ……。いえ、聞くつもりはなかったんですけど、聞こえちまったんです。何たって隣同士が板壁一枚で仕切られたぼろ家ですから」

女は弁解がましくいって話をつづけた。

「あれは、弥吉さんが長屋を出ていく三日前の昼ごろでしたかねえ。例の番頭らしき人が弥吉さんを訪ねてきて、探索の手が回ったから江戸から逃げてくれ、と……」

「探索の手が回った？」

「どういうことか、あたしにはさっぱり分かりませんけど――」

「……そうか」

「ごめんなさい。そろそろお昼ごはんの支度をしなきゃならないので」

女はそういってぺこりと頭を下げると、両手いっぱいに洗濯物をかかえて、そそくさと奥へ立ち去った。

(なるほど、そういうことか……)

歩きながら以蔵は考えた。

弥吉を訪ねてきた男は、薬種問屋『巴屋』の番頭・徳三郎と見て間違いない。「探索の手」というのは、おそらく兵庫の父・清右衛門のことであろう。

徳三郎は、弥吉の身辺に探索の手が迫ったことを察知していた。それで弥吉に逃亡をそそのかし、金で雇った殺し屋に弥吉の口を封じさせた……。そう考えれば何もかもつじつまが合う。

弥吉が『巴屋』に関わる重大な秘密をにぎっていたであろうことは、想像にかたくなかった。徳三郎はその「秘密」を守るために、清右衛門を殺害し、弥吉の口を封じ、そしてあるじの利兵衛を闇に屠ったのである。

そこまでは読めたが、肝心の「秘密」の実体は杳《よう》として見えてこない。それを解き明かす鍵をにぎっている人物は、番頭の徳三郎である。

(だが……)

と以蔵は思い直す。

徳三郎が一連の事件の張本人とは思えなかった。兵庫がいったとおり、この事件の根は深い。徳三郎の背後で糸を引いている者が必ずいるはずだ。

狡猾で用心深く、おのれの手を汚さずに闇の玉座《ぎょくざ》にぬくぬくと鎮座している人物……。何としてもそいつの正体を突きとめて、亡き主人・乾清右衛門の無念を晴らしたい。以蔵の胸中にあらためてその想いがこみあげてきた。

両国橋をわたって広小路に出た。

灰色の雲が低く垂れこめ、大川をわたる川風が寒々と吹きぬけてゆく。

厳しい寒さにもかかわらず、両国広小路はいつにも増して賑わっていた。あわただしい師走の喧騒が渦巻いている。

以蔵のかたわらを、中年の夫婦連れが楽しげに語らいながら通りすぎていった。それをちらりと眼のすみに見ながら、

（おれにも、あんな昔があったか……）

腹の底で感慨深げにつぶやいた。

もう二十年も前のことだが、以蔵は一度所帯を持ったことがある。相手は柳橋の船宿で下働きをしていたお末という女。お世辞にも美人とはいえない山だしの女だったが、心根のやさしさに惹かれて一緒になった。

いま思えば過ぎた女房だった。下っ引というやくざな稼業をしていた以蔵に、お末は愚痴ひとつこぼさずによく尽くしてくれた。

そのお末がこの世を去ったのは、所帯をもって二年目の春だった。労咳《ろうがい》をわずらって呆気なく逝ってしまったのである。二十三歳の若さだった。いまわの際に、

「生まれ変わっても、あんたと一緒になりたい」

そういって、お末は眠るように息を引き取った。枯れ枝のように痩せおとろえたその亡骸をかき抱いて、以蔵は人目もはばからず号泣した。三十数年の人生ではじめて見せた涙だった。

――お末は、まるで菩薩《ぼさつ》のように無垢《むく》な心の女だった。あれほどの女には、もう二度とめぐり会うことはねえだろう。

お末を語るとき、以蔵はいつも口ぐせのようにそういう。十八年たったいまも、頑固にやもめ暮らしをつづけている理由が、その言葉の裏に秘められていた。

いつの間にか、米沢町一丁目の路地をぬけて、『巴屋』の前を歩いていた。

あいかわらず『巴屋』の店先は客でごった返している。番頭の徳三郎が如才のない笑みを浮かべながら客の応対をしている。

と、帳場格子の奥から内儀のお勢が顔を出し、ひと言ふた言、徳三郎に声をかけると、また奥へ去っていった。徳三郎は何食わぬ顔で腰をあげ、手代の一人に何事か指示して奥に消えた。

向かい側の路地角で、その様子を見ていた以蔵は、ひらりと身をひるがえして路地の奥に走り去った。

入り組んだ路地をひと回りして、『巴屋』の裏手に出た。

両国界隈屈指の薬種問屋だけあって、さすがに敷地は広い。裏庭だけでも二百坪はあろうか。家の周囲は黒板塀で囲まれている。

あたりを用心深く見回しながら、以蔵は裏木戸を押してみた。内側からかんぬきが掛けられているらしく、押しても木戸は開かなかった。塀の上には忍び返しがついていて、とても乗り越えられそうもない。

ふところから匕首《あいくち》を取り出し、刃先を木戸の隙間に差し込む。ほどなく、カタンと音がして、かんぬきが外れた。そっと木戸を押す。かすかなきしみを立てて木戸が開いた。

以蔵はすばやく体をすべり込ませ、猫のように忍びやかな足どりで、植え込みの陰から陰へと走った。母屋の居間に人の気配があった。

　その部屋の窓の下に歩みより、壁の腰板に体を張りつけて耳をすませた。中からひそやかな女の声が途切れとぎれに聞こえてくる。

「――奉公人の手前、すぐにというわけにはいかないけど……」

お勢の声だった。

「いずれ、ほとぼりが冷めたら……」

「分かっております。いまさら焦ることはないでしょう」

これは徳三郎の声である。

「もう、誰にも邪魔をされることはないんですから」

「………」

そこで二人の会話はぷつりと途切れ、何やら妙な沈黙が流れた。首を伸ばして障子窓に顔を近づけると、かすかな衣《きぬ》ずれの音とともに、

「あっ、ああ……」

お勢の悩ましげなあえぎ声が洩れてきた。

（ちっ）

と以蔵は舌打ちをした。

お勢のあえぎ声と徳三郎の荒い息づかいがすべてを語っていた。それを確認したからには、もう長居は無用である。以蔵はそっと踵《きびす》をめぐらせて、足早にその場を立ち去った。

（色と欲との二人連れってわけか）

『巴屋』をめぐる疑惑の一つが、これで解けたと以蔵は思った。

利兵衛殺しは、後妻のお勢と一番番頭の徳三郎が共謀して企んだことに違いなかっ

た。むろん、二人の目的が『巴屋』の乗っ取りであることはいうを待たない。

色と欲は人間の業である。その業にとりつかれた者たちが、修羅の泥沼におちいってゆく姿を、そして例外なく、その報いを受けて悲惨な末路をたどってゆく姿を、以蔵は嫌というほど見てきた。お勢と徳三郎も、今まさにその泥沼に向かって歩きはじめている。

(今のうちにせいぜい楽しんでおくがいいさ)

以蔵の耳に、お勢のあえぎ声がまとわりついている。いつしかその声は、修羅の泥沼でもがき苦しむうめき声に変わっていた。

5

品川の狩り場からの帰り、兵庫はふと思い立って千住宿に足を向けた。

その後、源次からは何の連絡もない。どこまで探索が進んでいるのか、それが気になって様子を見にいこうと思ったのである。

埃《ほこり》まみれのぶっさき羽織に野袴、黒塗りの笠という、いつもの身なりだが、半月間伸ばし放題にしていた髭《ひげ》が黒々と顔の半分をおおっている。

この風体なら気づかれる心配はあるまい、と兵庫は思った。

五ツ（午後八時）ごろ、千住掃部宿《かもんじゅく》についた。この宿場町にも師走のあわただしい空気が充満している。気の早い行商人が路地角に筵《むしろ》をしいて、正月用の注連縄《しめなわ》や松飾りなどを売っている。

飯盛旅籠が軒をつらねる千住二丁目や三丁目の人混みを通りぬけて、兵庫は四丁目の商家街に歩を運んだ。この時刻になっても、ほとんどの商家はまだ店を開けていた。四丁目の角の小さな商家の前で、兵庫の足がはたと止まった。軒先に袋の形をした「木薬屋」の看板がぶら下がっている。

（これが『巴屋』の出店か）

塗り笠の下の眼がきらりと光った。

帳場に長次郎の姿があった。旅籠の女中らしき女や近所の商家のあるじふうの中年男が薬を買いにきている。見た目には何の変哲もない薬屋だった。

兵庫はさり気なくその前を素通りして、さらに北に向かって歩をすすめた。

『巴屋』の出店から二丁ばかり行ったところに、間口二間ほどの小店があった。腰高障子にでかでかと「つけぎ」の三文字が記されている。その店が源次の隠れ蓑《みの》だった。

「つけぎ」は付木と書き、薪などに火を移すために用いる点火材のことをいう。『守貞漫稿《もりさだまんこう》』に「薄き板柿頭《いたこけらがしら》に硫黄《いおう》を粘したものなり」とあるように、杉や檜を薄く削った木片の一端に、火付きをよくするために硫黄を塗ったもので、長さは五、六寸（約十五～十八センチ）ある。別名「火木《ほぎ》」ともいった。現代のマッチのようなものである。

「ごめん」

と腰高障子を引きあけて中に入ると、紺のどんぶり掛けの男が火鉢の前で、黙々と付木に硫黄を塗っていた。色の白い男前である。

「いらっしゃいまし」

男が顔をあげた。源次である。

「付木の御用でございますか？」

「――おれだ」

低くいって、兵庫は塗り笠をはずした。

「兵庫さま……！」

「すっかり付木屋が板についたな」

微笑《わら》いながら、兵庫は上がり框《かまち》に腰をおろした。

「茶でもいれやしょう」

と腰を浮かしかけた源次に、

「いや、気を使わなくてもいい。それより……」

何か分かったか、と声をひそめて訊いた。

「長次郎って男、なかなかの役者でしてねえ」

源次が苦笑を浮かべた。『巴屋』に出入りする客や、近所の住人たちにそれとなく探りを入れても、人当たりのいい男だとか、商売熱心で腰の低い男だとか、そんな褒め言葉しか返ってこないという。

「尻尾を出さんか」

「へえ」

と、うなずきながら、

「ただ一つだけ、ちょいと気になることが……」

「どんなことだ？」

「常磐屋《ときわや》のあるじが頻繁にあの店に出入りしてるんで」

『常磐屋』とは、千住掃部宿でも一番といわれる飯盛旅籠である。深川の岡場所や吉原遊廓にも引けをとらぬほどの上玉を十数人抱え、客筋も江戸市中から遊びにくる大店の旦那衆や近在の富商富農ばかりで、一見《いちげん》の客はほとんど取らないという。

「なるほど、飯盛旅籠と生薬《きぐすり》屋とは、たしかに妙な取り合わせだな」

兵庫が思案顔でつぶやいた。

「目下、そのへんのところを調べてるんですが……、二人ともやたらに用心深い男でしてね。顔見知りの人間でさえ、容易に近づくことができねえんです。こうなったら搦《から》め手から攻めるしか手はありやせん」

「搦め手？」

「常磐屋の客に成りすまして、飯盛女郎に探りを入れてみようかと……」

「そんなことができるのか」

「金を使えばできるでしょう」

「金か……」

「あの旅籠は座敷にあがるだけで二朱、酒を頼めば一分、女がつくとさらに二分……。

一回遊ぶのに一両近くかかるそうで」

千住宿の飯盛旅籠にしては法外な料金である。

「そうか……。よし、御支配にその旨伝えておこう」

「二十両もあれば十分かと」

「分かった。すぐに送金させる」

「よろしくお願いいたしやす」

「くれぐれも奴らに気取《けど》られぬようにな」

といいおいて、兵庫は塗り笠をかぶり店を出た。

来たときより、往来の人波がいくらか減ったような気がする。女目当てにくり出してきた遊び客たちが、収まる場所に収まったのだろう。

とはいえ、まだ宵の口である。あちこちの飯盛旅籠の千本格子の前には、女の品定めをする男たちが黒山の人垣を作っていた。

窓という窓には煌々と明かりが灯り、けたたましい哄笑や女の嬌声、がなり立てるような弦歌が絶えまなく流れてくる。眠ることを知らない千住宿の狂宴は、むしろこれからが幕開けなのである。

千住二丁目の通りの中ほどに、周囲の飯盛旅籠を睥睨《へいげい》するかのように、ひときわ大きな旅籠があった。『常磐屋』である。

この旅籠の前だけは、まったくといっていいほど人だかりがなかった。一見の客を入れないせいであろう。入り口の格子戸も閉まったままで、客引きの姿もない。

ときおり、宿場駕籠がとまり、常連客とおぼしき身なりのよい初老の男が降り立ち、足早に中に消えていった。

兵庫は、塗り笠のふちを押し上げてちらりと『常磐屋』の看板に目をやり、そのまま素知らぬ顔で通りすぎると、半丁ほど先の小路を右に折れた。

小路の先は荒川の土手に突きあたる。

晴れた夜空に上弦の月が浮かんでいる。冷え冷えとした月明かりが、土手の枯れ草を銀色に染めている。

土手道を上流に向かって歩くと、ほどなく『常磐屋』の裏手に出た。そこで兵庫はふいに足を止め、すばやく翻身して、葦の茂みに身をひそめた。

前方の闇の中にほのかな明かりが見える。眼をこらして見ると、その明かりの正体がぼんやりと浮かび上がった。船行燈《ふなあんどん》の明かりである。

（こんなところに船入りが……！）

兵庫は瞠目した。

船入りとは、船を接岸させるために掘られた入り堀のことである。

『常磐屋』の裏口のすぐ下は石の階段になっており、階段を下りたところに丸太組みのがっしりした栈橋が作られていた。

その栈橋に係留されている大きな船は、俗に「川越夜船《かわごえよぶね》」とよばれる高瀬船で、全長三丈（約九メートル）、幅一丈七尺（約五メートル）、舳先《へさき》が高くなっている船である。

川越夜船は、川越に集まった米を二百五十俵から三百俵ぐらい積んで運ぶ荷船と、乗客六、七十人を乗せて川越と江戸を往来する客船の二つがあり、一年中運航していた。

出発地点の川越から終着点の浅草花川戸まではおよそ十七時間の船旅である。途中の休憩地・千住宿では、この夜船の中で博奕《ばくち》が行われたので、一名「博奕船」ともよばれていた。『常磐屋』の栈橋にもやっている船は、その博奕船だったのである。

葦の茂みを音もなくかき分けながら、兵庫は猫のように背を丸めて入り堀に接近した。

桟橋に、やくざふうの男が二人、提灯をぶら下げて立っていた。『常磐屋』の若い衆であろう。二人とも丸に「常」の字を染めぬいた法被《はっぴ》をはおっている。

船の戸障子に十数人の男たちの影が揺らいでいる。盆の上を行き交う駒札の音や、中盆らしき男のしゃがれ声が聞こえてくる。

「丁半、そろいやした」

「入りやす」

「五二《ぐに》の半！」

かすかなどよめきが起きる。船の中の熱気が数間離れた兵庫の耳にも伝わってくる。

（夜船の中で博奕とは……）

兵庫はその事実をはじめて知った。

飯盛旅籠には酒と女がつきものである。それに博奕が加われば、まさに三拍子だ。『常磐屋』は法の網をたくみにくぐりながら、その三拍子を商売にしていたのだ。

ふいに裏口の木戸が開いて、男がうっそりと姿を現した。紬《つむぎ》の茶羽織をまとった小肥りの中年男である。桟橋に立っていた二人の若い衆がすかさず歩みよって、

「旦那……」

ひとりが低く声をかけた。どうやらその小肥りの男が『常磐屋』のあるじらしい。若い衆が差し出した提灯の明かりに、男の顔がぼんやり浮かびあがった。異相である。赤ら顔、眉が太く、大きな鼻が横にひろがり、まるで獅子頭《ししがしら》のような面相をしている。歳は四十二、三、名を庄左衛門といった。

「どんな様子だ？」

庄左衛門が嗄れた声で訊いた。

「へい。今夜は上客ばかりで、寺銭《てら》のあがりも上々です」

「そうか。適当に遊ばせたら、座敷のほうにあげてくれ」

「へい」

客たちを博奕で高揚させ、つぎは女を抱かせる算段らしい。

「頼んだぜ」

といいおいて、庄左衛門は肥った体を揺さぶりながら、裏口に消えていった。

それを見届けて、兵庫がそっと背を返そうとした瞬間、かたわらの葦の茂みがガサッと音を立てて揺れた。

「誰だ！」

若い衆の声が飛んできた。兵庫は反射的に両膝をついて体を伏せた。

「あっちだ」

もう一人が高々と提灯をかざして、こちらを振りむいた。兵庫は茂みの中に身を伏せたまま、じっと息を殺して、二人の動きを見守った。右手は刀の柄頭にかかっている。

提灯の明かりが近づいてくる。

がさがさと枯れ草を踏み分けて、二人の男が土手を登ってきた。兵庫がひそんでいる場所まで、もう二間ほどに迫っている。兵庫は右手で塗り笠のふちをグイと引き下げ、左手の親指で刀の鯉口を切った。

見つかったら斬るしかない。それも一瞬に二人をである。騒ぎ立てられたら面倒なことになる。下から逆袈裟に斬りあげ、同時に二人の喉首を切り裂こうと思った。右膝を立てて居斬りの体勢をとり、近づく二人の影を凝視した。影は眼前に迫っている。

「このあたりだが……」

と一人が提灯を突き出した、そのときだった。突如、

ニャオッ。

と鳴き声がして、葦の茂みから一匹の黒猫が飛び出し、二人の足元をかすめるように一目散に逃げていった。

「なんだ、野良猫か……」

一人が安堵するようにつぶやいた。もう一人の小柄な男は、まだ疑わしそうにあた

りの草むらを見回している。
「おい、客が出てきたぞ」
長身の男があごをしゃくった。
栈橋に目をやると、船の引き戸が開いて、商家の旦那ふうの男がふらりと出てきた。
二人の男は、またがさがさと枯れ草を踏み分けて土手を降りていった。
ふうっ。
思わず吐息をついて、兵庫はゆっくり立ち上がった。

第四章　阿片窟

1

明けて、安永八年（一七七九）己亥《つちのとい》――。

一月十六日の藪《やぶ》入り・小正月がすぎると、さしも賑やかだった江戸の街にも、平常の静けさがもどってくる。

旧暦では一月から三月までが春である。一月下旬になると陽差しもやわらぎ、ちらほらと梅の花が咲きはじめる。近ごろ、千駄木の林の中からも、のどかな鶯《うぐいす》の鳴き声が聞こえるようになった。

そんなある日、乾兵庫の組屋敷に組頭の刈谷軍左衛門が訪ねてきて、

「大納言さまの放鷹の日程が正式に決まったぞ」

やや緊張の面持ちでそう告げた。大納言とは、将軍世子・家基《いえもと》のことである。

「いつですか」

「二月二十一日だ」

　軍左衛門はふところから書状を取り出し、兵庫の前で開いた。鷹狩りの日程表である。それによると、家基は寅《とら》の下刻（午前五時）に江戸城を出立して品川の鷹場に向かい、巳の下刻（午前十一時）ごろまで鷹狩りを楽しんだあと、午の刻（正午）に北品川宿の東海寺で昼食をとり、未《ひつじ》の下刻（午後三時）に帰城の予定になっていた。

　随従は大目付一人、目付一人、大番頭《おおばんがしら》二人、書院番頭四人、小姓組頭六人、勢子《せこ》役の徒士《かち》十二隊、それに内山家の御鷹匠組頭二人、御鷹匠衆十人、御鷹御犬牽《おいぬひき》五人、警護の御鷹匠支配同心二十人、総勢百十一人の大部隊である。

「で、当日の〝代《しろ》〟は決まったのですか」

「うむ。三番と七番の〝代〟を使うことになった」

「代」とは、前述したとおり、獲物の生息地、すなわち猟場のことをいう。三番の「代」は、兵庫と森田勘兵衛、狭山新之助が大井村の沼沢地に設定した「代」である。七番の「代」は下蛇窪《しもへびくぼ》村の丘陵地に設定されていた。

　それぞれの「代」によって、鷹狩りに使う鷹の種類も異なる。たとえば熊鷹（鷲）は、兎・狸・狐など山物の猟に用い、大鷹は鶴、白鳥、鷺などの大型の鳥に適し、鶴《はしたか》（鷹の一種。背は黒く、腹に赤白のぶちがある）のような小鷹は、鶉《うずら》、雲雀《ひばり》などの小鳥に適していた。

三番の「代」には、森田勘兵衛が予測したとおり、例年よりやや遅れはしたものの、すでにかなりの数の鶴や白鳥が飛来していた。七番の「代」の山物の生息状況も悪くなく、今回の刈谷組の「代」の設定作業は上々の首尾といえた。

「だが……」

と軍左衛門は厳しい表情で首をふる。

「むしろ、これからが正念場だ」

二月二十一日の放鷹までは、まだ一か月近くある。その間、二か所の「代」の管理に万全を期さなければならなかった。とりわけ密猟者の監視・取り締まりは、鳥見役の最も重要な任務の一つである。

「そのために〝代〟の周辺に野営を張り、昼夜交代で監視にあたることにした。むろん、おぬしとて例外ではない。しばらく『影御用』は差し控えて、本務に精勤してくれ」

「承知いたしました」

「ところで……」

軍左衛門の口調が変わった。声にためらいがある。

「八重のことだがな。やはり男がいたのだ」

「男が……？」

兵庫はドキッとなった。驚きを正直に顔にあらわしていた。

「相手は勘定勝手方の正木誠四郎だそうだ」

「八重どのがそういったのですか」

「いや、風の噂で聞いた」

兵庫はその言葉を信じなかった。おそらく配下の誰かに調べさせたに違いない。

「おぬしの朋友だそうだな」

案の定、軍左衛門はそこまで知っていた。

「はあ……。昌平黌《しょうへいこう》で学んだ仲です」

「どんな男だ？」

「どんな、と申されても……」

返答に窮した。軍左衛門は誠四郎のことをどこまで知っているのだろうか、と考えた。もし鎌をかけているなら、うかつには答えられない。一瞬迷ったすえに、

「在学中は学問も武芸も優秀な男でした」

と当たりさわりのない返答をした。

「そうか……」

うなずいて、軍左衛門はゆったりと腰をあげ、

「相手が誰であろうと、わしがとやかくいう筋合いではないのだが、ただ……、武士の娘として、ふしだらな付き合いだけは慎んでもらいたいと思うてな」

ほろ苦く笑いながら、部屋を出ていった。

玄関まで見送り、居間にもどって火鉢に炭をついだ。鉄瓶の湯が沸きはじめる。噴き出す湯気をぼんやり見つめながら、

(御支配は、八重どのと誠四郎の関係を知っているに違いない)

兵庫はふとそう思った。杞憂《きゆう》にしては〝ふしだら〟という言葉が、妙に現実的で生々しすぎた。二人がそういう関係であることを知っていたからこそ、つい口をついて出てしまったのだろう。

親の心子知らず、という言葉がある。しかし、八重に罪はないと兵庫は思う。八重の心と肉体をもてあそんでいるのは正木誠四郎である。八重はそのことに気づいていない、というより気づかぬほど一途に誠四郎を愛しているのだ。

それが八重の不幸であり、軍左衛門の苦悩の原因でもある。

兵庫の脳裏に、正木誠四郎の高慢で冷徹な笑顔がよぎった。

(罪な男だ……)

あらためて怒りと憎悪がこみ上げてくる。わけもなく腹が立った。心が波うつように苛立つ。火鉢の火を消して、袴をはいた。双刀を腰にさして表に出る。べつに行く

あてはなかった。

陽は、まだ西の端にあった。

気がつくと、不忍池のほとりを歩いていた。

春の気配をかすかにふくんだ微風が、さらりと頬をねぶってゆく。

池畔の桜の木が薄桃色の小さなつぼみをつけはじめていた。仕事を終えた職人や人足たちが、兵庫のかたわらを足早に通りすぎてゆく。

時刻は七ツ半（午後五時）ごろだろうか、薄闇の奥にちらほらと明かりが灯りはじめた。

仲町二丁目の角を右に折れる。

『如月《きさらぎ》』の軒燈《のきび》に灯は入っていなかった。のれんも出ていない。『如月』を訪ねるのは半月ぶりだった。なんとなく心が浮き立った。

格子戸を引きあけて中に入った。奥で料理の下ごしらえをしていたお峰が、

「あら」

と振りむいた。板前の喜平の姿はない。

「ずいぶん早いお出ましですこと」

前掛けをはずしながら、お峰が出てきた。

「明日から忙しくなる。せめて今夜だけでもゆっくり飲ませてもらおうかと思ってな」

「決まったんですか？　若君の鷹狩りの日取り……」

「うむ。来月の二十一日だ。それまで交代で狩り場に泊まり込まなければならんのだ」

「そう。大変ですね」

「下らん仕事さ」

「お役目ですから仕方ありませんよ」

慰めるようにそういって、お峰は板場に去り、銚子に酒をつぎながら、

「お燗《かん》にします？」

と訊いた。

「いや、冷やでいい」

応えて、兵庫は小座敷にあがった。

お峰が丸盆に銚子二本と香の物の小鉢をのせて運んできて、兵庫のかたわらにしどけなく腰をおろし、

「で、その後、何か分かりました？」

酌をしながら訊いた。お袖殺しの一件である。大番屋でお袖の無惨な亡骸を見たときの、やり場のない怒りと悲しみが、お峰の胸からまだ消えていなかった。

「両国の薬種問屋『巴屋』が一枚嚙んでいるところまでは分かったのだが、その先が

さっぱり見えてこない」

　猪口の酒をなめるように飲みながら、兵庫はこれまでの探索経過や、姿の見えぬ「敵」に自分もねらわれていることなどを、巨細《こさい》もれなく打け明けた。

「嫌な話ですね」

　ぽつりといって、お峰は自分の猪口に酒をついで、あおるように飲んだ。

「聞かなければよかった」

「何が嫌なのだ？」

「兵庫さまが、そんな危ない目にあってるなんて……」

「虎穴に入らずんば虎児を得ず、というからな」

「でも、死んでしまったら元も子もないじゃないですか。悲しい思いをするのは、お袖ちゃんだけで沢山ですよ」

「心配するな。おれだって、この世にはまだ未練がある」

「未練って？」

「おまえのことさ」

　いうなり、お峰の手を引きよせた。

「兵庫さま……」

　お峰が、もの狂おしげに兵庫の胸にしなだれかかった。熱い息が首すじに吹きかかり、甘く馥郁《ふくいく》とした香りが兵庫の鼻孔をくすぐった。なぜか妙に懐かしい匂いのような気がした。

お峰の体を抱きながら、片手で丸盆を小座敷のすみに押しやり、そのままゆっくり畳の上に体を倒した。お峰は両腕を兵庫の背中にまわし、むさぼるように口を吸った。お峰の頰は冷たかったが、口の中は熱く潤んでいる。やわらかい舌がからみついてくる。舌先からしびれるような快感がわき立った。

兵庫の右手がもどかしげにお峰の帯を解いてゆく。はらりと襟元がはだけ、白い胸乳があらわになった。たわわな乳房をわしづかみにして揉みしだく。お峰の息が荒い。乳首がつんと立っている。それを舌先でころころと転がすように愛撫する。

「あ……」

小さな声を発して、お峰がのけぞった。そのはずみで着物が肩からすべり落ちた。扱《しご》きをほどいて、皮をむくように着物と襦袢《じゅばん》を脱がせ、腰の物を一気に剝ぎとった。文字どおり一糸まとわぬ全裸である。お峰の強烈な女の匂いを嗅ぎながら、兵庫はゆっくり体を起こして行燈《あんどん》に灯をいれた。

行燈のほの暗い明かりに、お峰の白い裸身がなまめかしく浮かび立つ。お峰は恥ずかしそうに股間を手で隠した。それを見ながら、兵庫は手早く袴を下ろし、着物を脱ぎ、下帯を解いた。彫像のように筋骨隆々たる裸身である。

兵庫が膝をつこうとすると、

「あ、そのまま……」

小さくいって、お峰が上体を起こし、仁王立ちしている兵庫の前にひざまずいた。股間に黒光りする肉根がぶら下がっている。それを指でつまんで口にふくみ、ゆっくり出し入れする。一物がしだいに隆起してくる。お峰の左手はふぐりをやさしく愛撫している。

「お、お峰……」

兵庫がうめくようにいった。お峰の口の中で、怒張した一物がひくひくと痙攣《けいれん》している。いまにも炸裂しそうな勢いだ。

「まだ、だめよ」

まるで子供をあやすような口調でそういうと、

「わたしも欲しい……」

いとおしげに一物を指先でさすりながら、お峰は上目づかいに兵庫を見た。

兵庫は無言でかがみこみ、お峰を仰向けに寝かせると、膝の裏に手をあてて両膝を立たせた。股間に黒い茂みが見える。指先でその茂みをかき分ける。薄桃色の裂け目がつややかに光っている。そっと指を入れてみた。しっとりと濡れている。

お峰が催促するように腰をくねらせる。兵庫は両足首をつかんで高々と持ち上げ、両脚を肩にかけた。お峰の尻がわずかに浮いて、その部分が兵庫の眼前にあらわにさらけ出された。一物は猛々しくそり返っている。

尖端を秘所のはざまに押しあて、じれったいほどの緩慢さで下からゆっくり撫であげる。

「は、はやく……」

お峰がうわ言のように口走る。兵庫は屹立したそれを一気に挿入した。肉ひだは十分にうるんでいる。ずぶりと根元まで入った。

「あーっ」

と悲鳴のような声を発して、お峰は激しく首をふった。首をふるたびに両の乳房がゆさゆさと揺れる。兵庫はお峰の両脚を肩にかけたまま、折り重なるようにのしかかった。

下腹がぴたりと密着している。腰を回す。その動きに合わせてお峰が尻をふる。肉ひだが絶妙な律動で伸縮をくり返す。

峻烈な快感が脳髄をつきぬけた。だが、果てるにはまだ早い。

お峰の両脚を肩からおろすと、結合したままお峰の体におおいかぶさり、気をそらすために腰の動きをとめた。

お峰は力一杯しがみつきながら、

「いいんですよ。わたしに気を使わなくても……」

ささやくようにそういうと、両脚を兵庫の腰に巻きつけ、思わぬ力で一物をしぼりあげた。萎《な》えかけたそれがたちまち膨張した。また、あの峻烈な快感が脳髄によみがえった。

限界だった。お峰の中で堰《せき》を切ったように欲情が噴出した。同時にお峰も快楽の極点に達していた。肌を合わせたまま、お峰はかすかに嗚咽した。どうしようもなく切なく、やるせなかった。絶えまなくさめざめと泣きつづけた。

2

半刻（一時間）後――。

店内には二組の客がいた。

板場では、板前の喜平がいつものように黙々と料理を仕込んでいる。

兵庫は何食わぬ顔で酒を飲んでいた。お峰も、いつもと変わらぬ様子で客の注文をさばいている。ほどなく客が立てつづけに入ってきて、店内はほぼ満席になった。

手酌で飲みながら、兵庫は忙しそうに立ち働くお峰の姿をぼんやり目で追っていた。

気性のつよい女である。心底男に惚れぬきながら、そのくせ決して男の情にはすがろうとしない。辰巳芸者の気風ともいうべき意地と張りが、お峰の心を支えているのであろう。

意地とは、意気地をつらぬき通す強気の根性をさし、張りとは、他者と張り合う勝気の気質をいう。裏を返せば、男に弱みを見せないための女の虚勢でもある。

本当はお峰も弱い女なのだ、と兵庫は思う。激しい情交のあとに流したお峰の涙が、何よりもそのことを雄弁に語っている。

（さて……）

と三本目の銚子を飲みほして、兵庫が腰をあげたとき、からりと格子戸が開いて、以蔵が入ってきた。

「あ、以蔵さん。いらっしゃいまし。兵庫さま、お見えになってますよ」

お峰が以蔵を小座敷に案内した。兵庫はふたたび腰を下ろして、お峰に酒の追加を頼んだ。

「失礼しやす」

一礼して以蔵が上がりこむ。着座するなり、兵庫がいきなり訊いた。

「御支配から聞いたか」

「鷹狩りの日取りのことですかい？」

「うむ」

「聞きやした。〝代《しろ》〟の見張りにあっしら餌撒も駆り出されることになりやしたよ」

兵庫は苦い顔でカッと酒をあおると、独語するようにいった。

「将軍家の鷹狩りのたびにこんな仕事をさせられるなんて、情けねえ話だぜ」

「若」

以蔵があわてて店内を見回し、

「めったなことを言っちゃいけやせん。役人の耳に聞こえたらえらいことになりやす」

小声でたしなめるようにいった。そこへ、お峰が酒を運んできて、

「どうぞ、ごゆっくり」

と銚子を卓の上においていて、せわしなげに立ち去った。それを以蔵の猪口につぎながら、

「去年の暮れ、千住に行ってきたぜ」

兵庫が卒然といった。

「源次に会って来たんですかい？」

「ああ」

「それで……？」

「飯盛旅籠の『常磐屋』のあるじが『巴屋』の出店にひそかに出入りしているそうだ」

「ほう」

「その『常磐屋』だがな」

と、今度は自分の猪口に酒をついでごくりと喉に流しこみ、

「裏商いをしている」

「裏商い?……と言いやすと?」

「博奕だ。それも念の入ったことに川越夜船を使ってな」

「へえ。夜船の中でご開帳ってわけですか」

「ひょっとすると、その裏商いに『巴屋』も一枚噛んでいるのかもしれぬ」

「けど」

以蔵が小首をひねった。

「生薬《きぐすり》屋と博奕ってのは、どう考えても噛み合いそうもありやせんが……」

「源次がそれを探っているところだ。それより、そっちは何か分かったか?」

「へい」

とうなずいて、『巴屋』の後妻・お勢と番頭・徳三郎との密通の事実を告げ、

「利兵衛殺しは、その二人が『巴屋』を乗っ取るために企んだに違いありやせん」

「お店《たな》乗っ取りか」

兵庫は呆れたように苦笑を浮かべた。

「まるで伏魔殿だな。あの店は……」

「よっぽどの旨味があるんでしょう。頭の黒い鼠《ねずみ》どもが寄ってたかって食いつぶしてるんです」

「どのみち、おれたちはしばらく動けぬ。源次が何かつかんでくるまで、お勢と徳三郎は泳がせておこう」

「へえ」

「明日が早い。おれはぼちぼち退散するぜ」

兵庫が差料を引きよせて腰をあげると、

「じゃ、あっしも」

と猪口に残った酒を飲みほして、以蔵も立ち上がった。


品川の鷹場の「代」の監視は、鳥見役二十二名と見習い五名、それに餌撒十名の計三十七名が二組にわかれ、昼夜交代でその任にあたっていた。

二月の声を聞いても、夜の冷え込みはあいかわらず厳しい。

夜番の者たちは、その厳しい寒さの中で「代」の周辺に野営を張り、暮れ六ツから明け六ツまでの六刻（十二時間）、不寝《ねず》の監視をつづけなければならなかった。

野営といっても、枯れ野に深さ二尺ばかりの穴を掘り、その穴に身をひそめて寒さをしのぐだけである。暖をとるための焚き火は固く禁じられていた。火事の発生を防ぐためと、「代」の獲物を驚かせないためである。

一日おきの夜番は、新参者の兵庫にとって、かなり応える仕事だった。最大の敵は寒さと睡魔である。見回りにきた森田勘兵衛に、

「眠ったら凍死するぞ」

と何度も注意されたが、一人になると、また眠りこんでしまう。眠ったまま意識を失いかけたこともしばしばあった。白々と夜が明けるころには、手足の感覚が完全に麻痺して寒さも感じなくなっていた。体は岩のように重く、歩くことさえおぼつかない。

そんなつらい思いをしたのは、むろん兵庫だけではない。三十七名全員が同じ苦痛と闘いながら、二か所の「代」を守ってきたのである。

そして、ついにその日がおとずれた。

二月二十一日未明。

「おい、交代の御鷹同心が来たぞ」

突然、闇の奥で森田勘兵衛の声がひびいた。監視穴の中でまどろんでいた兵庫は、天から降ってきたようなその声に、はじけるように身を起こして穴から飛び出した。

月明かりを受けて白く輝やく枯れ野のかなたに、点々と人影が浮かび立っている。

警護のために先乗りしてきた戸田家の鷹匠同心二十名だった。

家基の遊猟中は、彼らが狩り場の周辺を警備することになる。

（終わった。これで終わった）

声に出して叫びたい気分になった。やっと寒さと睡魔の呪縛から解放されたのである。

葦の茂みをかき分けて、狭山新之助が小走りに駆けよってきた。息がはずんでいる。

「任務、完了です」

「やったな」

兵庫は思わず新之助の手をにぎった。にぎり合った二人の手は氷のように冷たく、痛々しいほど赤く腫れていた。

千駄木の組屋敷にもどったのは、八ツ半（午前三時）ごろだった。すぐに風呂を沸かして湯につかり、冷えた体を温めると、茶碗酒を二杯ばかり飲んで床にもぐり込んだ。

心地よい酒の酔いと無事に任務を果たした安堵感が、兵庫を深い眠りにさそった。泥のように眠った。

「若、若っ！」

以蔵の声で目が醒めた。声にただならぬ気配がこもっている。

ガバッと跳ね起きた。窓の障子がまばゆいばかりに耀いている。陽の高さから見て午はすぎているようだ。

「以蔵か……、どうした」

廊下にあわただしい足音がひびき、以蔵が飛び込んできた。

「えらいことです。大納言さまが急の病で倒れやした」

「なに！」

以蔵の話によると、大納言家基《いえもと》は巳の下刻（午前十一時）ごろまで鷹狩りを楽しみ、午の刻（正午）に北品川宿の東海寺に立ち寄って昼食をとった。ここまではすべて予定どおりに運んだのだが、昼食をとった直後、にわかに気分が悪くなり、急遽、早駕籠で江戸城にもどった、というのである。

「で、病状は？」

「どうやら食あたりのようで……」

「昼に何を食されたのだ？」

「さあ、そこまではあっしにも分かりやせん。とにかくご城内はひっくり返るような騒ぎになってるそうです」

「だろうな」

家基は十代将軍家治《いえはる》のたった一人の跡継ぎである。その家基にもしものことがあれば、鷹狩りに随従した大目付や目付、大番頭たちの責任は免れまい。最悪の場合、一人や二人、腹を切らなければならない羽目になるかもしれぬ。

右往左往する彼らの姿を思い浮かべながら、

「おれたちには関わりのない話だ」

兵庫がにべもなくいい捨てた。

家基の急病は鷹狩りのあとの休息時に起こったことであり、鳥見役には、その責任を負うべき何の落ち度も疎漏《そろう》もない。

「それに……」

と口の端に皮肉な笑みを浮かべて、

「たかが食あたりぐらいで死ぬようなことはあるまい」

兵庫がそういうと、

「へえ」

以蔵も気のない顔でうなずいた。二人の胸中には、どうせ幕府のお偉方が針小棒大に騒ぎ立てているだけだろう、という程度の認識しかなかった。

だが、実はこのときすでに、事態は重大な局面を迎えていたのである。

その夜、酉《とり》の下刻（午後七時）、家基は人事不省の重体に陥った。

そして三日後、奥医師たちの必死の手当の甲斐もなく、家基は不帰の客となったのである。

その間の経緯を、徳川家の正史ともいうべき『徳川実紀』は、こう伝えている。

「安永八年二月二十一日、大納言殿（家基）新井宿（品川宿の先）のほとりに鷹狩し給《たま》ひ。東海寺に憩《いこ》わせらる。にわかに御不予《ごふよ》の御気色《おけしき》にて、急ぎ還《かえ》らせ給ふ」

さらに三日後の二十四日の欄には、

「大納言殿、大漸《たいぜん》（重態）におよばせ給ひ。巳の刻なかばついに隠れさせ給ひければ、三家をはじめ出仕せし群臣、ただちに本城にのぼりて弔し奉れり」

と、家基の逝去とその直後の幕閣のあわただしい動きが記されている。

享年十八歳。

諡号《しごう》（おくりな）を孝恭院殿《こうきょういんどの》という。

3

それから十日ほどたったある晩。

組頭の刈谷軍左衛門が一升徳利と手みやげをぶら下げて、ふらりと兵庫の組屋敷をたずねてきた。兵庫が玄関に出ると、

「めしは食ったか？」

四辺の気配を探るように視線をめぐらせながら、軍左衛門がさり気なく訊いた。

「いえ、まだです」

「じゃ、これで一杯やろう」

と差し出したのは、浅草の名店『一柳《いちやなぎ》』のうなぎの蒲焼《かばやき》だった。

「うなぎですか」

「たまには精をつけようと思ってな」

「何よりのご馳走です。どうぞお上がりください」

軍左衛門を居間に通して、さっそく火鉢で蒲焼をあぶり、それを肴《さかな》に一杯やりはじめた。

二杯目の酒を飲みほしたとき、軍左衛門が空になった猪口をごとりと膳において、射すくめるように兵庫の顔を見た。

「じつは、おぬしに折入って話がある」

「はあ……？」

「大納言さまのご逝去について、悪い噂が流れているのだ。何者かに一服盛られたのではないかとな」

「まさか！」

思わず兵庫は息をのんだ。

「大納言さまの病は食あたりだと聞きましたが……」

「当初はそう伝えられていたが、結局、奥医者にも病の因《もと》は分からなかったそうだ。ただ、食あたりにしては大納言さまの苦しみようが尋常ではなかったと――」

家基の急死を知ったとき、十八歳の健康な若者が果たして食あたりぐらいで死ぬだろうかと、兵庫も一抹の疑問はいだいていたが、よもや毒を盛られたとは考えてもみなかった。

「もし、それが事実だとすると、いったい何者が？」

「問題はそれよ」

軍左衛門は思案顔で腕組みをした。眼がやや充血しているのは、酔いのせいだけではなく、深い苦渋のためであろう。一拍の沈黙のあと、

「石見守《いわみのかみ》さまから、それを探れとの御下命を受けたのだ」

うめくようにいった。

石見守とは、鳥見役を支配する若年寄・酒井石見守忠休《ただやす》のことである。

若年寄は老中に次ぐ要職で、旗本に関するいっさいの指揮・訴訟を所管した。若年寄就任者のおよそ七割が一万石から三万石までの大名であり、三万石以上の場合は、その半数あまりが老中に昇進している。

酒井石見守は、出羽国松山二万五千石の大名である。

それにしても……、

なぜ若年寄が鳥見役ごとき軽輩にそのような重要な探索を命じたのか、兵庫には石見守の真意がまったく理解できなかった。ことは将軍世子暗殺事件である。本来は老中支配の大目付がやるべき仕事ではないか。

兵庫は念を押すように訊きかえした。

「御支配に直接の御下命があったのですか」

「うむ。今夕、石見守さまのお屋敷に呼ばれてな。ご老中のために一肌ぬいでもらえぬか、と……」

「田沼さまのために？」

老中・田沼主殿頭意次《とのものかみおきつぐ》は、十代将軍家治《いえはる》の側近中の側近である。文人肌の家治は生来内向的な性格で、政務にはまったく関心を示さず、側近の田沼にすべてを託していた。

田沼は、その威光をかって幕閣の実権を一手に掌握し、従来の農本主義をあらためて重商主義を導入して幕政の大転換をはかった。平たくいえば、社会を動かしているのは「米」ではなく「金《かね》」だ、というのが田沼政治の基本理念である。

米本位から貨幣経済への移行は、この時代としては画期的、かつ先駆的な政策だったが、金が流れ、物が動き、世の中が豊かになると、そこに腐敗が生じるのは今も昔も変わらない。田沼の思惑とは裏腹に、急激な幕政の転換は、その結果としてさまざまな弊害を生み出した。

利権を得ようとする商人が幕府役人に賄賂を贈ったり、役得にありつこうとする大名旗本が猟官運動に狂奔したりと、幕府は腐敗紊乱《びんらん》のきわみに達した。田沼意次が賄賂政治の権化といわれたゆえんである。

「実は、その田沼さまに……」

猪口に酒を満たしながら、軍左衛門が苦々しげにいう。

「大納言さま暗殺の嫌疑がかかっているのだ」

「！」

兵庫はほとんど絶句した。

老中の田沼が将軍家治の世子を暗殺する理由がどこにあるのか。また家基を殺して田沼にどれほどの利得があるというのか。まっ先にその疑問が脳裏をよぎった。

「むろん、根も葉もない噂なのだが……」

軍左衛門が苦い声で語をつぐ。

「そんな噂がまことしやかに流れていること自体が問題なのだ」

この黒い噂は、八代将軍吉宗と九代将軍家重、そして十代家治の三代にわたって、その治世の主要な事実や将軍の逸話などを漢文体で記述した史書『続三王外記《さんのうがいき》』にも記されている。

　それによると、二月二十一日の鷹狩りの際、家基に随行した池原雲伯《うんぱく》という医者は田沼が推薦した医者であり、家基の突然の発病とその死には何か疑わしいことがある、と暗に田沼の関与を匂わせた記述になっているのである。

『三王外記』および『続三王外記』ともに著者は不明だが、その文体から江戸中期の儒学者・太宰春台《だざいしゅんだい》の著とする説が有力である。正続ともに写本。記事の内容は興味本位の俗説が多く、史料としての信憑性は低い。

「石見守さまから下された密命の一つは、大納言さまご逝去の真相を調べること。もう一つは田沼さまにまつわる噂の出所を探ることだ」

　軍左衛門は大きく吐息をついた。厄介な仕事を頼まれたといわんばかりの顔である。

「それを私にやれと……？」

「いずれ、おぬしの手も借りなければならんだろうが……、当面は勘兵衛と新之助にやらせるつもりだ」

「一つ、お訊ねしたいことがあります」

「何だ？」

「大納言さまは東海寺で何を食されたのですか」

「獲物の鴨を鍋にして召し上がったと聞く」

「料理をしたのは？」

「随行の御膳掛かりだ」

正式には御膳所御台所人という。将軍やその子弟たちの食事を直接料理する掛かりの者のことである。家基の死が毒殺だとすれば、鴨鍋が調理されたさいに毒が盛られたということも考えられるが……。

兵庫の問いかけに軍左衛門は無念そうに首をふった。

「いまとなっては、それを調べることもできんのだ」

「なぜできないのですか」

「鍋に残った料理は処分されたそうだ。大納言さまがご不予《ふよ》を訴えられた直後にな」

「つまり、毒の有無を調べる手だてがないと……」

「うむ」

「料理を始末した者は？」

「それもわからん」

発病直後の混乱の中で、従士の誰かがあわてて鍋の料理を捨ててしまったのか、あるいはその混乱に乗じて何者かがひそかに証拠隠滅を図ったのか。

いずれにしても、肝心の証拠がなければ毒殺の真偽を調べることはできない。逆にいえば、決定的な証拠がないだけに、憶測が憶測を生んで根も葉もない噂が流れているのであろう。

「難しいですね。この探索は」

「きわめて難しい」

軍左衛門が唸るようにいって、半白の頭をかきあげた。


四半刻後。

火鉢の前で、兵庫は一人で猪口をかたむけていた。軍左衛門がぶら下げてきた一升徳利には、まだ半分ほど酒が残っている。

火鉢の火は消えかかっていたが、それほど寒さは感じなかった。深まる闇に春の気配がただよっている。この日月が変わって、弥生三月になったことを兵庫は忘れていた。

黙々と飲みつづけた。飲めば飲むほど、なぜか思考が冴えてくる。

――陰謀。

その二文字が兵庫の頭の中をかけめぐっていた。

老中・田沼意次には将軍世子・家基を暗殺する動機も理由もない。「黒い噂」は田沼追い落としのために意図的に流されたものとみて間違いあるまい。おそらく、その出所は反田沼派の門閥譜代大名であろう。

「米」の禄高によって家格や身分秩序の保障を得てきた譜代大名や徳川御三家などの保守勢力にとって、田沼の「貴金賤穀《ききんせんこく》」政策は、その存在基盤をゆるがしかねない危険な経済政策だった。

農本主義（米経済）に依拠する保守派と、重商主義（貨幣経済）を推進する田沼派との対立――「黒い噂」の根はまさにそこにあった。

若年寄・酒井石見守は田沼派の閣老である。田沼政権を守るためには、何としても家基の死の真相を突きとめ、田沼にかけられた家基暗殺の疑惑を晴らさなければならない。

その重大かつ極秘の任務を、酒井石見守は個人的に鳥見役組頭の軍左衛門に依頼したのである。若年寄の命令である以上、軍左衛門は承諾せざるを得まい。だが、兵庫にとっては田沼も反田沼派も関係なかった。

（これは単なる権力抗争にすぎぬ。おれの知ったことではない）

という思いが胸底にある。

幕府の一員として徳川家の禄をはみながら、兵庫は本能的に権力を嫌忌《けんき》した。反骨精神といえば聞こえはいいが、要するに我意のつよい性格なのである。

軍左衛門も、兵庫の性格は百も承知していた。今回の任務をあえて強要せず、当面は森田勘兵衛と狭山新之助にやらせるといったのはそのためである。

「ま、しばらくは高みの見物だ……」

独りごちながら飲みつづけた。

気がつくと、一升徳利がほとんど空になっていた。さすがに酔いがまわってきた。

畳の上にごろりと横になると、そのまま兵庫は深い眠りに落ちていった。

4

時の流れは早い。

つい数日前まで五分咲きだった桜が、いまはもう満開になっている。

牛込御門から市谷御門にかけての濠端《ほりばた》にも満開の桜の木が立ちならび、濠の水面に映る淡紅色の花影がひときわ美しい風光をかもし出していた。

この界隈は、坂が多い。市谷左内《さない》坂、浄瑠璃《じょうるり》坂、逢《おう》坂、神楽《かぐら》坂、等々……。これらの坂の上の台地には小身旗本の屋敷がひしめいている。

――ゴーン、ゴーン。

市谷八幡の鐘が五ツ（午後八時）を告げはじめたころ、人影の絶えた神楽坂を足早に登っていく初老の武士の姿があった。森田勘兵衛である。

坂の上に毘沙門天《びしゃもんてん》を祀る寺があった。善国寺という。一般には「神楽坂の毘沙門さま」として知られ、寅《とら》の日の縁日はことに賑わった。

その寺の門前を素通りして、勘兵衛は肴町《さかなちょう》の小路を左に折れた。

閑静な武家地である。俚俗に牛込藁店《わらだな》とよばれている。旗本屋敷の門限の五ツはすでにすぎており、どの屋敷も門扉を閉ざし、ひっそりと寝静まっていた。

勘兵衛は路地角でふと足をとめて、あたりに鋭い目をくばると、ひらりと身をひるがえして路地にとび込んだ。路地の奥に杉木立が見えた。いずれも樹齢数百年の老杉《ろうさん》ばかりである。その木立の中にうっそりと立つ人影があった。

勘兵衛は、足音を消してそっと人影に歩みより、低く声をかけた。

「変わった様子はないか」

「はい」

と振りむいたのは、狭山新之助である。

「もう寝たのか?」

「いえ、居間にまだ明かりが……」

新之助の目がちらりと動いた。その視線の先に冠木門《かぶきもん》付きの小さな屋敷があった。二、三百石の下級旗本の屋敷である。居間の障子にうっすらと明かりがにじんでいる。

屋敷のあるじは御書院番衆の高山修理亮《しゅりのすけ》。家基の鷹狩りに随従した一人である。

御書院番は、戦時には将軍を守り、平時には営所を固める親衛隊のような役職である。儀式のさいは御小姓と交代で将軍の給仕を行い、将軍出行には前後を護衛して使命を奉じる。一番から六番まであり、御番頭は四千石、その下の御書院番衆は一組につき五十人いる。二百俵高で虎の間席。

高山修理亮は四番組の御書院番衆である。鷹狩りのあと東海寺で家基が昼食をとったさい、給仕役をおおせつかったのが高山だった。

その事実をつかんだ勘兵衛が、すぐさま北品川の東海寺におもむき、寺男に金をにぎらせて当日の様子を子細に調べさせたところ、意外な事実が判明した。

御膳掛かりが調理した鴨鍋を家基の御前に運んだ人物と、家基の発病直後、鍋の料理を処分した人物が、高山であることがわかったのだ。

高山修理亮は直参の旗本である。今年三十六歳。子に恵まれず、妻の菊江と二人暮らしだった。十年前に病没した父親の跡をついで書院番の役についで以来、律儀一筋にその役職をつとめてきた男である。将軍世子暗殺を企むような人間ではない。

刈谷軍左衛門はそう断じて、

「高山の背後に黒幕がいるはずだ。まずそれを突きとめよ」

と二人に指示を下したのである。

張り込みをはじめてから五日がたっていた。

その五日間、高山の動きに不審な気配はまったく見られなかった。判でおしたように辰の中刻（午前八時）に出仕して、申《さる》の中刻（午後四時）に帰宅する。そんな単調な日々がつづいていた。近所の御用聞き以外は、屋敷に出入りする人間もほとんどいなかった。

この日も高山は申の中刻に帰宅した。それ以来一歩も屋敷から出ていない。

「あ、消えました」

新之助が小さな声を発した。居間の明かりが消えている。いつもより四半刻（三十分）ほど遅い消灯だった。

屋敷の中からは寂《せき》として物音ひとつ聞こえない。どうやら床についたようだ。

「どうします？」

「今夜は切り上げるか」

と勘兵衛が踵をかえした、そのとき、かすかなきしみ音を立てて冠木門がひらいた。

二人は思わず息をとめて闇に眼をこらした。

ややあって、ひらいた門扉の間から、人影がすべるように出てきた。

おぼろな月光がその人影の輪郭をぼんやりと照らし出した。まぎれもなく高山修理亮だった。袴《はかま》はつけず、白衣《びゃくえ》（普段着）の着流し姿である。

門を出ると、高山は用心深く四辺の気配をうかがい、足早に立ち去った。その姿が路地角に消えるのを見届けて、勘兵衛と新之助はすかさずあとを追った。

まるで尾行を警戒するかのように、高山は入り組んだ路地を右に左に曲がって歩いていく。その十間ほど後方を、勘兵衛と新之助が物陰から物陰へと闇を拾いながらひたひたと尾けてくる。

やがて牛込寺町に出た。その名のとおり、このあたりは寺が多く、土塀や垣根で仕切られた小径《こみち》が網の目のように走っている。

法正寺の裏手にさしかかったところで、ふいに高山の姿が視界から消えた。土塀に沿って右に折れたらしい。

「新之助」

小声でうながすや、勘兵衛は小走りに駆け出していた。そのときである。

突如、男の悲鳴が夜気を裂いた。勘兵衛と新之助は疾風のように走り、土塀の角を曲がって小径にとび込んだ。その瞬間、

「うわトッ」

あっ！

と息をのんで立ちすくんだ。

二人がそこに見たのは、血まみれで倒れている高山の無惨な姿だった。闇の奥に一目散に走り去る黒影があった。だが、その影はすぐに土塀の切れ目に消えていった。

勘兵衛がするどく闇に目をすえながら、

「見たか、新之助」

低く声をかけた。

「はい。侍でした」

それも全身黒ずくめの大兵の武士だった。

「……手練《てだれ》だな」

といって、勘兵衛は倒れている高山の顔を見下ろした。頸《くび》の血管《ちくだ》が切り裂かれ、どくどくと血泡が噴き出している。カッと見ひらいた両眼から光はうせていた。すでに虫の息である。

指先で高山の両の瞼を閉ざしながら、勘兵衛がぼそりとつぶやいた。

「――口をふさがれたのだ」

「…………」

言葉がなかった。高山が殺されたという事実よりも、自分たちの動きが下手人に察知されていたのではないかという一瞬の危惧が、新之助を戦慄させたのである。

乾兵庫がその事件を知ったのは、翌日の昼下がりだった。

知らせにきたのは以蔵である。

「見え見えの事件《やま》だな」

話を聞きおえた兵庫は、せせら笑うようにいった。

家基の昼食の鴨鍋に一服盛ったのは、給仕掛かりの高山修理亮にちがいない。その高山を殺してしまえば、事件の真相は永久に闇の中——子供でもわかる引き算だ。

「それより以蔵」

兵庫がふらりと立ち上がり、

「大事なことを思い出したのだが……、ちょっとこっちへ来てくれ」

以蔵をうながして、奥の四畳半の部屋に向かった。父の清右衛門が書斎代わりに使っていた部屋である。部屋に入るなり、兵庫は書棚から一冊の綴りをとり出して頁をくった。

「これを見てくれ」

と差し出したのは、綴りの間にはさまっていた紅紫色の一片の花びらである。

「何の花か分かるか?」

「さあ、見たこともありやせんねえ。こんな花は……」

以蔵がいぶかるように首をひねった。

「ただの押し花にしては、これ一枚しかないというのが腑に落ちぬ」

「ひょっとすると、この花びらも何かの符丁では……?」

「じつは、おれもそれを考えていたのだ。花の名前が分かれば謎を解く鍵になるのではないかとな」

「彦市爺さんに訊いてみやしょうか」

「彦市？」

「へえ。五年ほど前まで『餌撒役』をつとめていた爺さんで……」

兵庫は知らなかったが、彦市は餌撒仲間から一目おかれた男だった。鳥の種類や生態、その餌となる小動物や昆虫類、さらには樹本草花まで、およそ野にあるものは知らぬものがないという物知りである。現在は隠退して根津で植木屋を営んでいるという。

「よし、その爺さんに会ってみよう」

「ご案内いたしやす」

駒込千駄木から根津まで目と鼻の先である。組屋敷を出て五、六丁もいくと根津権現の裏手にぶつかった。そこに小さな川が流れている。谷戸川《やとがわ》の末流で藍染川《あいぞめ》といい、下流は松平伊豆守の下屋敷の西を流れて不忍池にそそいでいる。

その川に沿ってさらに二丁ほど南へ下ると、左手に藁葺きの小さな百姓家が見えた。

「あれです」

と指さしながら、以蔵が歩度を速めた。

百姓家のまわりには手入れの行き届いた梅や桜、松、楓、藤、椿などの喬木や苗木が林のように植えられている。

縁側の陽だまりで、六十年配の小柄な老人が黙々と盆栽の手入れをしていた。

「彦さん」

以蔵が声をかけると、老人は小さな眼をしょぼつかせながら、ゆっくり振りむいた。

「おう、以蔵か」

「どうだい？　商いのほうは」

「田沼さまのおかげで大繁盛さ」

彦市は欠けた歯をみせて、さも嬉しそうにくくくと笑った。

田沼意次の殖産・膨張政策は、現代のバブル経済によく似た現象を世間にもたらした。重商主義による消費文化の影響は、庶民の道楽にもおよび、かつては武士階級や一部の富裕な階層の遊芸《ゆげい》であった生け花や茶の湯、香道までが大衆化していった。

茶の湯がはやれば、茶室に花を飾るために生け花が盛んになり、それと連動して花作りの園芸が繁盛する。また大名や富商たちが競って庭園造りに血道をあげたために、庭木は高騰し、珍品の鉢植えなどが不相応な高値で売買された。植木屋の彦市にとっては、文字どおり笑いの止まらぬご時世なのである。

「こちら鳥見役の乾兵庫さまだ」

以蔵が紹介すると、彦市は急にかしこまり、

「お父上さまがご不慮の死をとげられたそうで……。心からお悔やみ申しあげやす」

深々と頭を下げた。兵庫は初対面だったが、父の清右衛門とは仕事の付き合いがあったのだろう。本当にお気の毒なことで、と声をおとして彦市はまた頭を下げた。

「お前に訊きたいことがあるのだが……」

ふところから二つに折り畳んだ料紙を取り出し、間にはさまっていた紅紫色の花びらを彦市の前に差し出した。

「何の花か知っているか？」

「ちょいと、失礼」

花びらを手にとって見たとたん、彦市のしわだらけの顔が険しく曇った。

「この花をどこで手に入れなさったんで？」

「親父の書棚の綴りの間にはさまっていたのだ」

「そうですか。こんなものは、そうおいそれと手に入るもんじゃねえんですが……」

「というと……？」

「これは『津軽』って花です」

「津軽！」

兵庫と以蔵は、ほとんど同時に驚声を発した。清右衛門の留書《とめがき》に記されていた四つ

の文字のうち、最後に残った一文字が「つがる」である。その謎がいま解けたのだ。

5

千住掃部宿《かもんじゅく》の飯盛旅籠『常磐屋《ときわや》』である。

中年の番頭が愛想よく客を迎え入れた。

「いらっしゃいまし」

粋な小紋の羽織を着たその客は、源次だった。奥から仲居が出てきて、これも満面に愛想笑いを浮かべながら、源次を二階の部屋に通した。

源次が『常磐屋』に上がるのは、これが七度目である。最初のころは番頭や仲居たちの態度もよそよそしかったが、回を重ねるたびに、源次の遊びっぷりと金離れのよさが評判となり、いまではすっかり馴染みになっていた。

仲居が運んできた酒を舐めるように飲んでいると、ほどなく飯盛女が入ってきた。色が白く、眉目のととのった美形である。歳のころは二十一、二。名はお藤という。『常磐屋』でも五指に入る上玉だった。これも源次の馴染みの女である。

「どうぞ」

お藤がたおやかな手つきで酌をする。

「お父つあんの具合はどうなんだ?」

酌をうけながら、源次がさり気なく訊いた。

「あいかわらず……」

応えて、お藤はうつろに微笑《わら》った。

お藤は奥州棚倉《たなくら》の在の貧農の娘である。六人兄妹の三番目で、十五のときに『常磐屋』に売られてきた。母親は末娘を産んだあと肝の臓をわずらって他界し、今年五十になる父親は中風にかかって床に伏せっているという。

『常磐屋』に通いつづけているうちに、そんな身の上話を問わず語りに語るほど、お藤は源次に心を許すようになっていた。

「ねえ、源さん」

お藤が甘えるように鼻を鳴らして、源次にしなだれかかってきた。

「お父つあんの話なんてどうでもいいのよ。それより、あたしにも一杯……」

「もうだいぶ入ってるんじゃねえのか」

「ほんの五、六杯さ」

「やめときな。体に悪いぜ」

「体?……あたしの体を心配してくれてるの?」

「ああ」

「やさしいのね。源さんて」

「誰にでもやさしいってわけじゃねえさ」

「源さん……」

お藤は切なそうに源次の顔を見て、

「あたしみたいな売り物買い物の女に、そんなやさしい言葉をかけてくれるなんて……」

声をつまらせた。源次はそっとお藤の肩を抱きよせて口を吸った。

「あ、待って」

と体を引き離して、

「もっといいことをしてあげるから」

お藤がいたずらっぽく笑って立ち上がった。源次は次の間に敷きのべられた二つ枕のなまめかしい夜具にちらりと目をやって、照れるようにいった。

「床入りはまだ早いぜ」

「ううん。それよりもっといいこと……。悪いけど二分《ぶ》ちょうだい」

「二分？　何に使うんだ」

「内緒」

といって手を差し出す。源次がその手に小粒を二つのせると、お藤は着物の裾をひるがえして部屋を出ていった。トントンと階段を下りていく足音がひびき、ややあって、また階段を上ってくる足音が聞こえ、お藤がもどってきた。手に紙包みを持っている。

「何を買ってきた？」

「床に入る前に、これを……」

お藤は腰を下ろすなり、持っていた紙包みを手早くひらいた。包みの中には、やけに雁首《がんくび》の大きな煙管《きせる》と茶褐色の粗い粉末が入っている。

「たばこ、か……」

「………」

お藤は応えない。無言のまま茶褐色の粉末を煙管につめて火をつけると、深々と吸い込んで源次に差し出した。薬草をあぶったような強い臭いが鼻をつく。

「なんだい？　これは」

「あ・へ・ん」

驚くべき言葉を、お藤はさらりといってのけた。悪びれる様子もまったくない。「阿片」という言葉そのものより、まるで菓子を与えられた子供のように無邪気な笑みを浮かべているお藤の態度に、源次は驚愕した。

（この女は阿片に侵されている）

お藤にかぎらず、『常磐屋』の飯盛女たちは日常的に阿片を吸引しているのだろう。

「これを吸うと極楽浄土にいけるのよ。さ、源さんも……」

お藤が差し出す煙管を、源次はためらいながら受け取った。拒否すればお藤に警戒される。そう思っておそるおそる吸った。いや、吸うふりをした。一度吸った煙を口の中に溜めて、お藤に気《け》どられぬように鼻から吐き出す。むせるのを必死にこらえた。

「どう？」

と、お藤がのぞきこむ。

「う、うん……、何だか妙に気分がよくなってきた……」

「でも、最初はあまり吸わないほうがいいわ……さ、そろそろ床にいきましょ」

艶然と笑って、源次の手から煙管をとり、次の間にさそった。

源次は内心ほっとした。口の中に阿片の嫌な臭いが残っている。酒を喉に流しこんで次の間にいく。お藤は、もう全裸で夜具に横たわっていた。源次も着物をぬいで床に入った。

「阿片を吸ったあとのあれは、すごく具合がいいの」

お藤が物狂おしげにからみついてきた。息づかいが荒い。たわわな乳房が波打つようにゆれている。源次はそれを片手でやさしく揉みながら、

「阿片はどこで買ってきたんだ？」

お藤の耳もとでささやくように訊いた。

「下の帳場……」

「この旅籠で売ってるのか」

「お馴染みさんだけにね」

それはそうだろう。阿片の売買は法で厳しく禁じられている。よほど信用のおける客でなければ売りはすまい。その客を見きわめるのも女たちの役目なのか。

「でも……」

お藤が急に悲しげな顔で吐息をついた。

「阿片のおかげで、あたしたちは一生ここで飼い殺しさ」

「だったら、やめりゃいいじゃねえか。阿片なんて」

「それが出来れば……」

といいかけて、

「あっ」

ふいにお藤が小さな声をあげた。源次の指が秘孔に入っていた。お藤が腰をくねらせてあえぎ悶える。指先ではざまの肉芽を愛撫しつつ、源次が小声で訊いた。

「阿片はどこから入ってくるんだ?」

「と、巴屋さん……、あっ、ああ……」

「薬種問屋の巴屋か？」

「そ、そう……あ、いい！……早く。もっと早く！」

そこまで聞けば十分だった。お藤の両膝を立たせて腰を入れると、屹立した一物の尖端をはざまに押し当てた。つるんと入った。

「あーっ」

悲鳴をあげて、お藤がのけぞった。

源次が『常磐屋』を出たのは、五ツ半（午後九時）ごろだった。

千住宿の夜は、これからがたけなわである。春の陽気にさそわれたのか、宿場通りはいつにも増しての雑踏だった。

店にもどって中に一歩足を踏みいれた瞬間、源次の顔がこわばった。三和土《たたき》に見慣れぬ男物の草履がある。立ちすくんだまま奥の闇を見透かして、小さく声をかけた。

「誰か……いるのか？」

「おれだ」

暗がりから低い声が返ってきた。その声を聞いて、ほっと胸をなでおろしながら、源次は部屋に上がった。奥の六畳間に黒い人影があった。

火打ち石を切って行燈に火をいれる。

淡い明かりの中に兵庫の姿が浮かびあがった。腕組みをして壁にもたれている。

「いつお見えになったんで？」

「四半刻ほど前だ」

「誰かに見られやしなかったでしょうね」

「抜かりはない。……その後、何かわかったか？」

「へえ。金と暇をかけた甲斐がありやした」

火鉢の埋《うず》み火をおこしながら、源次はにやりと笑った。金はともかく、たしかに時はかかりすぎた。源次がこの宿場に潜入してから二か月半もたっている。

「で……？」

「驚いたことに『常磐屋』は阿片の密売もやってたんで」

「阿片！」

兵庫の眼がぎらりと光った。

「しかも、その阿片の仕入れ先は『巴屋』の出店だそうです」

「そうか……、源次、それで符丁《ふちょう》が合ったぞ」

ふところから二つ折りにした料紙を取り出してひろげた。例の紅紫色の花びらが入っている。源次がいぶかるように見た。

「何ですかい？　この花は」

「津軽という花だ」

「見たこともねえ花ですね」

「おれもはじめて見た。これはケシの花だ」

「ケシ！」

今度は、源次が驚く番だった。無理もない。ケシは阿片の原料なのだ。

日本にケシが渡来したのは室町時代（十四～十六世紀）である。インドから津軽に渡来したといわれ、江戸末期に大坂に伝わり、明治以降栽培が盛んになった。したがって、この時代、江戸の近郊で自生するケシを見ることは絶対になかった。

ちなみに「津軽」は、その渡来地に由来するケシの花の別名である。

四月ごろ、白や淡紅色、紅紫色の花をつけ、花が終わったあとの肥大した子房に傷をつけると乳液状の汁が出る。それを凝固させたものが阿片である。

「この花は自然に生えている花ではない。阿片を密造するために誰かが栽培したものだ」

「すると、清右衛門さまがそれを……？」

「うむ。狩り場の見回り中に、偶然見つけたのだろう」

清右衛門の留書に記されていた「つがる」はケシの花をさし、「ともえ」は薬種問屋の『巴屋』、「やきち」は薬売りの弥吉であることは、これまでの調べで分かっている。その弥吉が『巴屋』にケシの花の種を売り込んだのではないか、と兵庫は推断した。

「親父はそこまで調べたところで、阿片密造一味に消されたのだ」

「その一味というのが、つまり……」

「『巴屋』だ」

といって、兵庫はギュッと唇を噛みしめた。宙を見据えたその眼には烈々たる怒りがたぎっている。

第五章　禁断の花

1

ついひと月前まで、荒寥《こうりょう》たる枯れ野だった荒川の河畔地帯も、いまはすっかり萌《もえ》葱色《ぎいろ》の野原に変わっていた。田畑の畦道《あぜみち》には、芹《せり》やたんぽぽ、よもぎなどが芽吹いている。

春霞《はるがすみ》のかなたに藁葺《わらぶ》き屋根の小さな集落がかすんで見えた。下尾久村《しもおぐむら》である。

下尾久村から東にまっすぐ伸びる野道のかたわらに、朽ちた地蔵堂がぽつんと立っている。その堂の陰に黒の塗り笠をかぶった武士が、身をひそめるように座り込んでいた。

乾兵庫である。

そこは清右衛門の印籠《いんろう》を見つけた場所から、およそ半里ほど離れたところだった。

——このあたりに阿片密造一味の根城がある。

昨夜、源次から阿片の話を聞いて、兵庫はそう確信した。父・清右衛門はその場所を突きとめたために一味に殺害されたのである。枯れ野に落ちていた印籠と、書棚の綴りのあいだにはさまっていた一片の花びらが、物言わぬ泉下《せんか》の父に代わってすべてを語っていた。

地蔵堂の陰に座り込んでから、もうかれこれ一刻（二時間）はたつだろう。頭の真上にあった陽がややかたむきはじめていた。

以蔵を連れてここにやって来たのは、午をちょっとすぎたころだった。

「怪しまれるといけやせんから、若はここで待っててておくんなさい」

といいおいて、以蔵は一人で下尾久村に聞き込みに向かった。

百姓は子狐のように用心深く、猜疑心がつよい。どんな些細なもめごとでも見て見ぬふりをするのが常である。彼らの重い口を開かせるのは容易なことではない。以蔵もさぞ手こずっているだろうと思いつつ、いつしか兵庫は浅い眠りに落ちていた。

「若……」

声で目が覚めた。以蔵が息を荒らげて立っていた。

「何か分かったか」

「へい。ここから一里ばかり北に行ったところに、土地のものが〝修験《しゅげん》さま〟と呼んでる森があるそうで」

「修験さま?」

以蔵の話によると、その森の中には十年来無住のままになっている『永楽院《えいらくいん》』という当山派の修験寺があるという。永い歳月風雨にさらされた伽藍《がらん》や僧房《そうぼう》は、いまにもひしげそうに荒れ果て、数年前には取り壊されるという噂も流れたそうだ。

「誰が買い取ったか知れやせんがね。二年ほど前からその荒れ寺に得体のしれぬ浪人どもが住みつくようになったそうで」

二年前といえば、薬売りの弥吉が越中富山から江戸に出てきたころである。

「そいつは臭うな……。行ってみるか」

「へい」

くるりと踵を返して、以蔵が歩き出した。

四半刻も歩くと、前方になだらかな丘陵が見えた。丘陵の裾野にこんもりと繁った木立が浮島のように点在している。以蔵がその一つを指さしていった。

「あれが。〝修験さま〟の森です」

森というほど大きな樹林ではない。どこにでもあるような雑木の叢林である。

野道は、まっすぐその林につづいていた。楓《かえで》や楢《なら》、銀杏《いちょう》、山法師《やまぼうし》などの雑木にもかすかに浅葱色の若葉が芽吹いている。

林の奥に崩れかかった山門があった。色あせてただの板きれと化した山門の扁額《へんがく》に、うっすらと『永楽院』の文字が浮き出ている。

「若……」

以蔵が、低く声をかけて足をとめた。

山門の石段に髭面《ひげづら》の浪人者が仁王立ちして、四辺を見まわしている。

「見張りか」

「裏にまわりやしょう」

二人は身をひるがえして樹林の中にとび込んだ。

『永楽院』の寺領地はかなり広い。千数百坪はあろうか。生い茂った熊笹や灌木《かんぼく》をかきわけてしばらく行くと、樹間の向こうに蔦《つた》かずらが絡みついた土塀が見えた。ところどころ崩れ落ちている。一か所、大きな崩落部があった。人ひとりがやっと入れるほどの大きさである。二人はそこから中に入った。

土塀の内側は青々と葉をしげらせた孟宗竹《もうそうちく》の林だった。先を歩いていた以蔵がふいに足をとめて兵庫をふり返り、誰かおりやす、とささやくようにいった。

竹林の奥にちらちらと人影がよぎる。

二人は背をかがめて、ゆっくり歩をすすめた。竹林の切れたところに藪《やぶ》があった。

そこに身をひそめてそっと様子をうかがう。藪の向こうは広い空き地になっていた。百姓ふうの粗末な身なりの男が二人、鋤《すき》と鍬《くわ》で黙々と土を耕している。

そこは、ただの空き地ではなかった。

「畑か……！」

「おどろきやしたねえ」

以蔵も瞠目した。

寺院の僧侶が自給自足のために寺の一隅に蔬菜《そさい》畑を作るという例は少なくないが、これほどの規模の畑を、それも廃寺《はいじ》の寺領を開墾《かいこん》して作るというのは、いかにも不自然だ。

「津軽」はここで栽培されたに違いない。例の花びらが挟まっていた綴りの頁は、昨年（安永七年）の四月十五日の日付になっていた。ちょうどそのころ「津軽」は花をつける。二人の男が耕しているあの畑にも、白や紅、紅紫色の「津軽」が妍《けん》をきそって咲き乱れていたであろう。

（親父が見たのは、それだったのだ）

妖美に咲き乱れる〝禁断の花〟を頭に想い描きながら、兵庫は腹の中でつぶやいた。

「どうしやす？」

以蔵が小声で訊いた。

「本堂に行ってみよう」

「へい」

二人は藪から藪へ、木立の陰から陰へと身をひそめながら走った。

ほどなく本堂の裏手に出た。

思った以上に伽藍《がらん》は荒れ果てていた。茅葺《かやぶ》きの屋根は青みどろに苔むし、回廊の勾《こう》欄《らん》や敷板は腐って崩れ落ち、堂内は蜘蛛《くも》の巣だらけである。まるで巨大な化け物屋敷だった。

本堂の西側に僧房があった。これも荒れ放題である。が、よく見ると、屋根や壁のそこかしこに板が打ちつけてあり、一応人が住める程度の補修がほどこされていた。

二人は、僧房の華燈窓《かとうまど》の下の植え込みに身をひそめて屋内の気配をさぐった。中からひそやかな話し声が聞こえてくる。三、四人はいるだろうか。

兵庫は腰を浮かせて、華燈窓の破れ目から中をのぞき込んだ。

薄汚れた衣服の浪人者が四人、けば立った畳に車座になって、むさぼるように酒を食らっている。いずれも不精ひげを生やし、首すじに垢《あか》をためた、すさんだ感じの浪人者である。兵庫の脳裏に小塚原で斬殺した三人の浪人者の姿がよぎった。

あの三人も一味だったのではないか。最後に斬り殺した浪人は、死んでも清右衛門を殺害した下手人の名はいえぬといった。仲間をかばっていたとすれば、目の前で酒を食らっている四人の中に下手人がいるかもしれぬ。

以蔵が兵庫の野袴《のばかま》の裾をひいて、

「踏み込みやすか？」

と小声で訊いた。

「いや。まだ早い」

応えて、兵庫はかがみ込んだ。

一味は四人だけではない。山門に見張りに立っていた浪人もいる。ほかにも見回りに出ている者や、他行している者がいる可能性もある。その数を見きわめるのが先決だ。

ややあって……、
小砂利を踏む足音が聞こえた。首を伸ばして見ると、先刻、山門に立っていた髭面の浪人が僧房に入っていった。これで五人がそろったことになる。僧房の中の話し声が急に賑やかになった。女の話でもしているのだろう。卑猥《ひわい》な言葉が飛び交い、下卑た哄笑がわき立つ。

主家をうしない、禄を離れ、職にあぶれた食いつめ浪人のほとんどがそうであるように、ここにいる五人の浪人たちも、武士の魂と矜持をかなぐり捨てて、酒と女を日々の糧《かて》にして野良犬のように生きている男たちだった。

話し声が一段と高くなり、また哄笑がわき立った。

四半刻ほどたったとき、生け垣の向こうで足音がした。兵庫と以蔵は息をひそめて接近する足音に耳をかたむけた。

小砂利を踏んでやって来たのは、先ほど畑を耕していた百姓ふうの二人の男だった。

「ごめん下せえまし」

戸口に立って一人が声をかけた。言葉の訛《なま》りから察して、奥州方面からの出稼ぎらしい。

僧房の奥から二人の浪人が出てきた。一人は顎《あご》のとがった痩《や》せ浪人、もう一人は四角ばった顔の小肥り。二人とも眼のふちを朱《あか》く染め、胸元をだらしなくはだけている。

「終わったか」

小肥りが横柄にいった。

「へえ。お預かりした種は全部蒔《ま》いてきましただ」

「ご苦労だった」

痩せ浪人がたもとから小粒を二つ取り出して二人に手渡した。

「恐れいります。これで郷里《くに》に帰れますだ。では……」

と頭を下げて、二人が背を返そうとすると、

「待て」

小肥りが呼び止めた。

「まだ何かご用でも？」

「お前たちに帰る郷里はない」

いうなり、抜きつけの一刀を浴びせた。同時に痩せ浪人も抜刀した。小砂利をしきつめた地面に、水をぶちまけたように血しぶきが飛び散り、二人の男は声もなく倒れ伏した。まるで据え物斬りのように無造作で残忍な斬り方だった。痩せ浪人が、倒れている二人の男の血まみれの手から、小粒をもぎとってふところにおさめた。と、そのとき、

「な、なんだ、貴様らは！」

突然、小肥りが怒声を発した。

背後に兵庫と以蔵が立っていた。痩せ浪人がふり向きざま猛然と斬りかかってきた。しゃっ。

兵庫の刀が奔《はし》った。わっ、と両手で顔をおおって痩せ浪人がのけぞった。両眼が切り裂かれていた。かたわらで小肥りがうめき声をあげている。以蔵の匕首が脇腹に深々と埋まっていた。ぐりっと一ひねりして引きぬくと、小肥りは地ひびきを立てて仰向けにころがった。抉《えぐ》られた腹部から白い臓物がはみ出している。

「以蔵」

声をかけて、兵庫は背を返した。僧房の廊下に足音がひびく。以蔵は匕首を逆手に持ち替えて低くかまえた。

「どうした！」

三人の浪人がとび出してきた。

兵庫が地を蹴った。下から一気に薙《な》ぎあげる。抜く間もなく、先頭の浪人が仰向けにころがった。血潮をまき散らして片腕が飛んでいく。驚いて一歩下がった一人に、以蔵が体ごとぶつかり、逆手に持った匕首を肩口にぶち込んだ。刃先が肩甲骨に食い込む。そのまま二人は折り重なるように倒れこんだ。

残る一人が右に跳んで抜刀した。山門の前に見張りに立っていた髭面の浪人である。兵庫は剣尖をだらりと下げて、右足《うそく》を引いた。半身の構えである。

髭面は切っ先を青眼につけた。その構えで技量が見えた。膂力《りょりょく》はありそうだが、さほどの遣い手ではない。髭面がじりじりと迫ってくる。兵庫は剣尖をゆっくり上げた。が、先《せん》をとる構えではない。後《ご》の先をとる。それで勝てると踏んでいた。

髭面が間境《まざかい》を踏み越えた。と同時に刃唸《はうな》りをあげて切っ先が飛んできた。刹那、兵庫の刀が一閃した。心形刀流の秘技「鎊捨刀《ほうしゃとう》」だった。髭面の右手首が刀をにぎったまま、ぼとりと地面に落ちた。切断面から竜吐水《りゅうどすい》のように鮮血が噴出する。

2

「うわ、わーっ！」

髭面が悲鳴をあげながら地面を這いずり回っている。斬り落とされたおのれの右手首を探しているのだ。その鼻面にぴたりと切っ先が突きつけられた。

「……た、助けてくれ」

髭面がしぼり出すような声で哀願した。それを冷然と見下ろして、兵庫がいった。

「おれの問いに答えたら助けてやる」

「な、何が知りたいのだ」

「さっきの百姓が蒔いた種というのは、『津軽』の種か？」

「そうだ」

「乾清右衛門を殺したのも貴様たちか」

「乾……？」

「公儀鳥見役だ」

「し、知らん……、わしは何も知らん」

「本当に知らぬのか」

「いまさら嘘をいってどうなる」

うめくようにいって、右手首の傷口を抑えた。指の間から血がだらだらと流れ出して、袴に血だまりができた。みるみる顔が青ざめていった。兵庫が矢つぎ早に訊く。

「ほかに仲間は？」

「……以前は八人いたが……、三人は何者かに殺された。いまは五人だ」

その三人を殺したのは兵庫である。

「この寺で阿片を作っていたのか」

「ああ」

うなずきながら、刀の下げ緒をほどいて右手首に巻きつけた。血を止めようとしているのだ。無駄なことだと兵庫には分かっていたが、髭面は必死に下げ緒を巻いている。

「黒幕は『巴屋』か」

兵庫がさらに詰問する。

髭面があえぎあえぎ応えた。

「二年前に……、薬売りの弥吉という男が……、『巴屋』に津軽の種を売り込みにきたそうだ……」

その話に飛びついたのが、『巴屋』の一番番頭・徳三郎だった。

利にさとい徳三郎は、内儀のお勢を口説き落として、取り壊し寸前の廃寺『永楽院』を買い取らせ、寺領内に「ケシ畑」を作らせた。そこで密造された阿片は、『巴屋』の千住の出店を通じて、飯盛旅籠『常磐屋《ときわや》』に売りさばかれたのである。『永楽院』で密造された阿片の量は、年間五十斤《きん》（約三十キロ）におよんだという。

この時代、国内に出回っていた阿片のほとんどは抜け荷（密輸）によるもので、ケシを栽培して阿片を密造したという例は皆無だった。国内ではじめて阿片が作られたのは、嘉永年間である。嘉永五年（一八五二）の記録には、

「福井村の彦阪利平なるもの、陸奥南部郡津軽にいたり、培養（栽培）および製造法を伝受して帰村し、阿片の製造を開始せり」

とある。『永楽院』の一件がおおやけになっていれば、当然この記録も書き換えられていただろう。

髭面が息も絶え絶えに言葉をついだ。

「阿片を作っていたのは、『巴屋』の長次郎と薬売りの弥吉だ……。わしらは阿片の見張り番にすぎぬ……」

「見張り番？……というと、密造した阿片はこの寺に……？」

「ああ」

大量の阿片を『巴屋』の出店に置いておくのは危険すぎる。それで『永楽院』に保

管しておき、必要に応じて『巴屋』の長次郎が取りに来ることになっていたのである。

「その阿片はどこにある？」

「僧房の床下だ」

「次に取りに来るのはいつごろだ」

「三日後……」

聞きとれぬほどかぼそい声でそういうと、髭面は弱々しい目で兵庫を見上げた。

「わしの知っていることは何もかも話した。頼む。見逃してくれ」

「いいだろう。約束どおり命だけは助けてやる」

突きつけた切っ先を引いて、兵庫は刀を鞘におさめた。髭面の浪人はほっと安堵の吐息をついたが、その顔にはすでに死相がただよっていた。どうせ助かる命ではない。切断された手首からは、あいかわらず血が噴き出している。袴《はかま》に溜まった血を地面に流し落とすと、髭面はかたわらの植え込みにもたれて眠るように目を閉じた。

「以蔵」

「へい」

「死骸を片づけるんだ」

「承知」

兵庫と以蔵は、地面にころがっている死骸をひきずって、僧房の裏の雑木林の草むらに捨てた。四人の浪人と二人の百姓、計六体の死骸を処分して、もとの場所にもどって来たときには、髭面の息はすでに絶えていた。その死骸も林の中に捨て、二人は僧房に足を踏み入れた。土足のまま部屋に入る。畳の上に空の徳利や飲みかけの茶碗が乱雑に散らかっていた。酒の臭いや男たちの体臭が入り混じって、すえた臭いが充満している。

畳を二枚引きはがした。床下に大きな木箱があった。蓋《ふた》をあけて見ると、桐油紙《とうゆがみ》の包みがぎっしり詰まっていた。中身は見なくても分かった。阿片の粉末を小分けにして包んだものに違いない。一包みの重さがおよそ一斤（約六百グラム）、全部で四十個あった。

ほかに「津軽」の種らしき包みが十個あった。それらをすべて僧房の庭に運び出して山積みにし、枯れ枝をのせて燃やした。炎が舞い上がり、白い煙が霧のようにあたり一面にたゆたった。売り値にして千数百両の阿片が一瞬のうちに灰塵に帰していった。

だが……、

これで兵庫の仕事が終わったわけではない。最終目的は、あくまでも父・清右衛門を殺した下手人の正体を突きとめることである。髭面の浪人は「知らぬ」といった。その言葉を信じるなら、下手人はほかにいることになる。清右衛門の亡骸《なきがら》の傷口から見て腕の立つ侍に違いなかった。とすれば、五人の浪人のほかに別の浪人一味がいるのか。

ぼんやりそんなことを考えているうちに、火は完全に燃えつきていた。

「若、そろそろ行きやしょうか」

以蔵がうながした。

「どうでもいいが、その『若』というのはやめてくれ。おれはもう部屋住みじゃねえ。乾家の当主なんだぜ」

兵庫が苦笑まじりにいった。

「じゃ、『旦那』とでも呼びやしょうか」

「そのほうが、まだ聞こえがいい」

「わかりやした。これからはそう呼ばせていただきやす」


牛込藁店《わらだな》・旗本屋敷――。

満開に咲いていた桜が、もう散りかけていた。

庭前にちらほらと舞う桜の花びらに、物憂げな目をやりながら、中年の女が濡れ縁で調度品の埃を払っている。

御書院番衆・高山修理亮《しゅりのすけ》の妻・菊江である。

夫・修理亮が殺害されてから、四日がたっていたが、結局、事件の吟味は下手人が見つからぬまま、侍同士の喧嘩刃傷沙汰ということで決着がつけられた。殺害されたときの高山の衣服が白衣《びゃくえ》（普段着）だったことと、私用の外出時に起きた事件ということで、公儀の目付衆もさほど重大に扱わなかったのだろう。

菊江がその知らせを受けたのは昨日の午後だった。そして今朝方、幕府の明屋敷番《あきやしきばん》伊賀者から、五日以内に屋敷を明け渡すよう通告をうけたのである。

旗本の屋敷は、幕府から下賜《かし》された拝領屋敷、すなわち官舎である。したがって当主が死亡した場合、家督を相続する者がいなければ、その家は改易《かいえき》となり、家禄はもとより屋敷も召し上げられる。嫡子のいない高山家はまさにその条件に該当した。

屋敷の明け渡しを迫られた菊江は、北本所番場町の実家にもどることにした。

菊江の父親は二百俵高の御納戸衆《おなんどしゅう》、老妻と二人暮らしである。事情が事情だけに、父も母も菊江が実家にもどることをこころよく許してくれた。そのための引っ越しの準備をしていたところだった。

「ごめん」

枝折戸《しおりど》の向こうで男の声がした。菊江がけげんそうに手をとめて、

「どちらさまでしょうか？」

と訊ねると、

「鳥見役の森田と申します」

声が返ってきた。

「どうぞ、玄関のほうへ」

「いや、庭先で結構」

枝折戸を押して、森田勘兵衛が神妙な顔つきで入ってきた。

「お取り込み中のところ申しわけございません。手前、高山どのとは昵懇《じっこん》の間柄、遅ればせながらお悔《く》やみに上がりました」

「それはわざわざご丁寧《ていねい》に……、ただいまお茶を……」

「お気づかいはご無用。このたびはご愁傷さまで……」

菊江は無言で頭を下げた。まったくといっていいほど顔に表情がない。

「つかぬことをうかがいますが」

「はい？」

「あの晩、高山どのはどこへ行かれようとしていたのですか？」

「それは……」

菊江の眼が泳いだ。はじめて見せた困惑の表情である。

「いや、ご存じなければ結構……。よろしければ高山どののご霊前に線香の一本も」

「あいにくですが、仏壇は古道具屋に売ってしまいました。位牌《いはい》もございません」

思わぬ答えだった。

「位牌もない？」

「高山家の菩提寺にあずけてまいりました」

「ご主人のご供養はなさらないと？」

「あの人とは、もう縁がきれたのです」

菊江がきっぱりといった。その眼にちらりと憎悪がよぎったのを、勘兵衛は見逃さなかった。口調にも棘《とげ》がある。どうやら高山夫婦の間には深い溝があったようだ。

「では、ここで回向《えこう》させていただきます」

と、庭先に立ったまま、奥の部屋に向かって手を合わせ、一礼して立ち去ろうとすると、

「お待ち下さい」

菊江が呼びとめた。勘兵衛はゆっくりふり返った。

「お話しいたします」

勘兵衛は黙って次の言葉を待った。菊江の唇がかすかに顫えている。瞬時の沈黙のあと、意を決するようにいった。

「よそに女の人がいたのです」

「女？」

「どこの誰かは存じませんが……、あの晩、高山はその女の人のところへ行こうとしていたのです」

勘兵衛は、ほとんど絶句した。

「そのことは、事件の吟味に当たられた御公儀お目付衆にもお話しいたしました」

「信じられませんな。高山どのに女がいたとは……」

「わたくしは、半年ほど前から薄々気づいておりました」

「半年ほど前から？」

「そのときから、もう夫婦の縁はきれていたのです」

菊江は細い眼を一点にすえたまま、感情のない声で淡々と語った。返す言葉がなかった。ただ一言、お力落としのないように、といいおいて、勘兵衛は逃げるようにその場を立ち去った。

3

「女か……」

千駄木の御料林の小径《こみち》を歩きながら、刈谷軍左衛門がぽつりとつぶやいた。かたわらに勘兵衛がいる。ここでも桜の木がはらはらと花を散らしていた。

「遊びなれた男ならともかく、律儀一筋に生きてきた男ですからね、高山は……。女に狂って後先が見えなくなったんでしょう」

「つまり、何者かがそう仕向けたということだな」

その何者かが「反田沼派」の譜代勢力であることは明白だった。

高山修理亮に女をあてがって骨抜きにした上、大納言家基《だいなごんいえもと》の食事に毒を盛らせ、その罪を老中・田沼意次《おきつぐ》にかぶせる。それが「反田沼派」が描いた絵図であり、田沼を権力の座から引きずりおろすための謀略だった。

「哀れなのは高山の妻女です」

勘兵衛が身につまされるような口調でいった。

「菊江、と申したな」

「ええ、長年連れそった夫に裏切られたあげく、屋敷まで召し上げられたのですから……」

その意味で、菊江こそが事件の最大の被害者といえた。

「で、高山が入れ揚げていた女の素性は？」

「目下、新之助が調べているところです」

「そうか」

「兵庫のほうはどうなりました？」

勘兵衛が気をとり直すように話題を変えた。

「まだ何も……」

首をふって、軍左衛門は苦笑した。

「父親の悪いところを継いだようだな、あの男……」

「と申しますと?」

「いっさい報告がない。どこで何をしているのか、さっぱり分からん」

「我《が》のつよい男ですからな、兵庫は」

勘兵衛もほろ苦く微笑《わら》った。

「ま、それがあの男の取り柄といえば、取り柄なのだが……」

足をとめて、ふと頭上を仰ぎ見た。桜の花びらが絶え間なくはらはらと落ちてくる。

清右衛門殺害事件が起きてから、すでに半年がすぎようとしている。

「いよいよ桜も終わりか」

「時のうつろいは早いものだ」

とつぶやきつつ、軍左衛門はまた歩き出した。

同じころ。千住大橋の北詰めの桜の老樹も、荒川の川面をわたってくる春風に吹かれて花吹雪を散らしていた。

千住掃部宿《かもんじゅく》は、奥州街道を上り下りする旅人や行商人、女郎目当ての嫖客《うかれお》などで、あいかわらずの賑わいを見せている。

宿場通りの雑踏を、丸に「常」の字を染めぬいた法被《はっぴ》姿の若い衆二人をしたがえて、傲然と歩いていく獅子頭《ししがしら》のような面相の中年男の姿があった。

飯盛旅籠『常磐屋』のあるじ・庄左衛門である。二人が問屋場の前を通りすぎようとしたとき、中で茶を飲んでいた宿場役人が、目ざとくそれを見て小走りにとび出し、庄左衛門を呼びとめて何事か話しかけた。

庄左衛門は急に腰を低くして卑屈な笑みを浮かべ、素早く役人の手に金子をにぎらせると、二度三度頭を下げて足早に立ち去った。

人混みの中で、その様子をさり気なく見ていた男がいる。源次だった。背中に大きな風呂敷包みを背負っている。前日、以蔵から「店を畳んで引き上げろ」との指令があり、それを受けて江戸にもどるところだった。

（また、おねだりか……）

源次はあきれ顔でつぶやいた。

宿場役人が飯盛旅籠のあるじたちに〝袖の下〟をせびる光景は日常茶飯事だった。住人たちも当たり前のように傍観している。

役人どもがこの体《てい》たらくでは、もはや法も秩序も無きに等しかった。川越夜船《かわごえよぶね》の中で博奕《ばくち》をやろうが、『常磐屋』で御禁制の阿片を売ろうが、庄左衛門の「裏商《うらあきな》い」はほとんど野放し状態だった。

傲然と肩をゆすって立ち去る庄左衛門のうしろ姿をいまいましげに見送り、

（けど、世の中そう甘くはねえ。いい夢が見られるのは今のうちだぜ）

腹の底で吐き捨てて、源次は足早に雑踏の中に消えていった。

庄左衛門と若い衆が向かったのは『巴屋』の出店だった。紺のれんを分けて、ずかずかと中に入っていくと、薬研《やげん》で薬を調合していた長次郎が手をとめて愛想笑いを浮かべた。

「いらっしゃいまし」

「例の物は届いたかい？」

庄左衛門がいきなり訊いた。高飛車な物いいである。

「いえ、これから取りに行くところでございます」

「今回は二十斤ほど回してもらいてえんだが……」

「二十斤！」

「常連が増えたおかげで飛ぶように売れるんだ。まとめて買ったほうが、おめえさんも手間がはぶけるんじゃねえかい」

「ええ、それはもう……」

「何なら運ぶのを手伝ってやってもいいぜ」

「お急ぎですか」

「ああ、できればすぐにでもな」

「すぐにと申されても……、往復一刻半はかかりますので」

「舟を使えば造作もねえだろう」

「舟？」

「うちの舟を使ったらどうだ？」

「そうしていただければ助かります」

「じゃ、さっそく」

と長次郎をうながして外に出た。

『常磐屋』の裏手の入り堀の桟橋に、一艘の川舟がもやっていた。庄左衛門と二人の若い衆、そして長次郎がそれに乗り込むと、船頭が水棹《みさお》を差して、舟を荒川に押し出した。

うららかな春の陽光が川面に映えて、きらきらと白く耀《かが》やいている。

上空で雲雀《ひばり》がさえずっている。

のどかな風光である。一行を乗せた舟は、ゆっくり荒川を遡行《そこう》していく。傍目《はため》には千住の旦那衆の風雅な舟遊びと映るだろう。

下尾久村までは、およそ二十丁の距離である。しばらく行くと、前方に木の葉のように点々と浮かぶ舟影が見えた。

白魚漁の小舟の群れである。『花暦《はなごよみ》』に「花の頃は、此の川に登りくる白魚をとる舟にて網を引き、あるいは岸辺にてすくい網をもって、人々きそいてこれをすなどる」とあるように、荒川の白魚漁は、春の風物詩の一つになっていた。

やがて、舟は「尾久の渡し」の桟橋に着いた。この渡しは、対岸の足立郡小台村と尾久村をむすぶ百姓渡しで、舟の運航を小台村が管掌していたところから、正しくは「小台の渡し」といった。

舟をおりた四人は、荒川の土手道を歩いて下尾久村に向かった。

二丁も歩かぬうちに、小肥りの庄左衛門は犬のように口をあけて息を荒らげはじめた。紅潮した顔から滝のように汗がしたたり落ちている。

「もうじきですから」

と、なだめつつ、長次郎が先に立って案内する。

ほどなく、下尾久村の北方に〝修験さまの森〟が見えた。土手をおりて野道をいく。若い衆の一人が庄左衛門の手を引き、もう一人が背中を押して、ようやく〝修験さまの森〟にたどりついた。

「あれです」

長次郎が指さした先に、朽ち果てた『永楽院』の山門があった。額の汗を手の甲でぬぐいながら、庄左衛門がにやりと笑った。

「なるほど、荒れ寺とはいいところに目をつけたもんだな」

「さ、まいりましょう」

と歩を踏み出した瞬間、長次郎の顔が凍りついた。山門の柱の陰にうっそりとたたずむ人影があった。いつもの見張りの浪人ではない。黒塗りの笠をかぶった長身の侍である。

「どうしたい？」

庄左衛門が太い眉をよせて、小声で訊いた。

「あ、あの侍は……」

「おめえさんたちの仲間じゃねえのかい？」

「い、いえ」

長次郎が首をふった。声が震えている。

塗り笠の侍がゆっくり石段を踏みしめながら下りてくる。

「手めえ、何者だ！」

庄左衛門が胴間声《どうまごえ》を発した。

「あいにくだが、この寺に阿片は一かけらもねえぜ」

「なに！」

「おれが全部焼き捨てた」

兵庫の声だった。髭面の浪人から、三日後に『巴屋』の長次郎が阿片を取りにくると聞いて、この日、朝から『永楽院』の山門で、長次郎の到着を待ちうけていたのである。

「ち、畜生ッ」

庄左衛門がわめくのと同時に、二人の若い衆がふところの匕首《あいくち》を抜きはなって、猛然と躍りかかった。兵庫の右手が動いたと見るや、ひゅっ、と刃唸りがして、木漏れ陽の中に一閃の銀光が奔った。次の瞬間、男の首が石段の上をごろごろと転がり、もう一人は老木の根方に奇妙な形で倒れていた。胴から下がなかった。腹が両断され、下半身だけが石段の上に残されていた。

度肝をぬかれて、庄左衛門と長次郎が翻身したときには、もう兵庫は石段を駆けおりて飛鳥のように二人の背後に迫っていた。

「うわッ」

と悲鳴をあげて庄左衛門がのけぞった。背中をつらぬいた切っ先が胸板に突きぬけている。刀を引きぬくと、ドッと音を立てて前のめりに崩れ落ちた。すぐに剣尖を返して、かたわらにへたり込んでいる長次郎の首すじにぴたりと刀の刃を押しあてた。

「お、お助け下さい」

全身を激しく震わせて命乞いする長次郎に、兵庫がするどい眼を向けた。

「乾清右衛門を殺したのは誰だ」

「背の高い……お侍さまでした……」

「名前は」

「た、たしか正木とか」

「正木?……その侍に殺しを頼んだのは、番頭の徳三郎か?」

「は、はい」

「薬売りの弥吉や『巴屋』のあるじ・利兵衛を殺したのも、その侍なんだな」

「番頭さんから、そう聞いております」

「徳三郎の陰で糸を引いてるのは誰なんだ?」

「て、手前は……存じません」

強く首をふった。

「本当に知らぬのか」

「ほ、本当に存じません。……お願いです。何とぞ命だけは……」

「貴様を生かしておくと、次の仕事がやりにくくなる」

いうなり、首に押し当てた刀を真横に引いた。ぷつん、と血管《ちくだ》が裂けて血が噴出する。地面にへたりこんだまま、長次郎は信じられぬ顔でおのれの首から噴き出す血を見ていた。

「すぐ楽になる」

刀の血しずくを払って鞘《さや》におさめると、兵庫はふり返りもせず、大股に立ち去った。

4

「長次郎が……！」

と眼をむいたのは『巴屋』本店の女主人・お勢である。その前に青ざめた顔で番頭の徳三郎が座っている。

たった今、寅八《とらはち》という千住の目明かしから事件を知らされたばかりだった。

寅八の話によると、『常磐屋』のあるじ・庄左衛門と若い衆二人、それに『巴屋』の長次郎の四人が下尾久村に向かったまま夕方になっても戻ってこないと、川舟の船頭から番屋に通報があり、寅八と手下数人で下尾久村の近辺を捜索したところ、廃寺『永楽院』の門前で四人の惨殺死体を見つけたというのである。

「まさか、ご公儀の探索方が……」

おびえるような顔でいうお勢へ、

「いや、それはない」

徳三郎は言下に否定した。

「公儀の探索方なら、そんな手荒な真似はしませんよ」

「じゃ、一体誰が？」

「さあ……」

徳三郎は険しい顔で首をふった。そういえば以前にも、千住の出店で雇った三人の浪人が小塚原で何者かに斬り殺されるという事件があった。その事件と今度の事件とはつながりがあるのか。それとも阿片の強奪をねらった押し込み一味の仕業なのか。何やら不気味な影がひたひたと迫っているような気がする。

「怖い……」

声をふるわせてそういうと、お勢はいきなり徳三郎の胸にとりすがった。

「心配にはおよびませんよ。わたしたちには御前さまがついてるんですから」

徳三郎が慰撫するようにいって、右手をお勢の胸元にすべり込ませた。乳房もかすかにふるえている。それを手のひらでつつみ込んだ。乳首がつんと立っている。愛撫に反応したのではなく、恐怖によるものだった。

お勢の胸にいい知れぬ不安と悪い予感がせり上げてくる。

（こんなことになるなら、阿片なんかに手を出さなければよかった……）

徳三郎の腕に抱かれながら、お勢は内心、ほぞを噬《か》んだ。

お勢が利兵衛の後添えとして『巴屋』に入ったのは、むろん、それなりの打算があってのことだった。相手は二十歳も年上の男であり、しかも跡継ぎがいなかった。いずれ利兵衛がこの世を去れば、『巴屋』の身代はすべて自分のものになる。せいぜい五、六年の辛抱だろう、とお勢は思っていた。

そんなある日、番頭の徳三郎が弥吉という薬売りを連れてきて、

「お内儀さん、この男がとんでもない金儲けの話を持ちこんできたんですがね」

と相談を持ちかけてきた。

「金儲け？」

「これをごらん下さい」

弥吉が差し出したのは、麻袋一杯に詰めこまれた「津軽」の種、つまり御禁制のケシの花の種だった。この種でケシを栽培して阿片を密造し、千住の出店で売りさばけば、生薬《きぐすり》の商いの何十倍、いや何百倍の儲けになる、と徳三郎は力説した。

「そんな危ない橋をわたるなんて……」

お勢は難色を示したが、徳三郎はあきらめなかった。

「いずれ『巴屋』はお内儀さんのものになるんです。いまのうちにたっぷり稼いでお

けば、お内儀さんがこの店を継ぐころには、きっと江戸一番の薬種問屋になってますよ」

豚は肥らせてから食えという理屈である。「江戸一番」という言葉がお勢の欲心を動かした。そして、このときから色と欲との二人連れがはじまったのである。

お勢はさっそく利兵衛を口説きおとして資金を引き出し、徳三郎に下尾久村の廃寺『永楽院』を買い取らせた。

千住に出稼ぎにきていた百姓たちをかき集めて、『永楽院』の寺領内に広大な「ケシ畑」を作らせたのは長次郎と弥吉だった。畑は一か月後に完成したが、その直後、使役に駆り出された百姓たちは、まるで神隠しにあったように忽然と姿を消してしまった。秘密を守るために五人の浪人によってことごとく抹殺されたのである。

その年（安永六年）の四月なかば、『永楽院』の「ケシ畑」は見事な花を咲かせた。記録にこそ残らなかったが、江戸近郊でケシの栽培が行われたのはこれがはじめてであろう。そして翌月初旬、大量のケシの子房から五十斤（約三十キロ）の阿片が密造され、飯盛旅籠の『常磐屋』に売りさばかれたのである。

徳三郎の思惑どおり、というより思惑以上に阿片の密売は『巴屋』に莫大な利益をもたらした。怖いぐらいだった。こんなうまい金儲けはない。だが、それと裏腹に危険も大きかった。もしこのことが公儀に知れたら、間違いなく打ち首獄門である。〝裏商い〟がうまくいけばいくほど、徳三郎の恐怖も増大していった。

「早めに手を打っておいたほうがいいぜ」

といったのは『常磐屋』の庄左衛門だった。さすがに目はしの利く男である。宿場役人を通じて、千住宿の行政治安を所管する勘定奉行へすでに話が通っているという。

徳三郎は、すぐさま三百両の金包みを持って、小石川片町の土屋讃岐守《さぬきのかみ》の屋敷をたずねた。勘定奉行の土屋は道中奉行もかねている。

「一つ、よしなに……」

徳三郎が金包みをさし出して頭を下げると、土屋は、

「相分かった」

と鷹揚《おうよう》にうなずいただけだった。魚心あれば水心である。

賄賂《まいない》の効果はてきめんに表れた。千住宿に見回りにくる道中方の役人の態度ががらりと変わったのである。明らかに阿片中毒者と思われる不審な男がいても、彼らは一顧だにしなかった。それどころか阿片の密売そのものが黙殺されたのである。

それ以来、すべてが順調に運んでいた。

翌年（安永七年）も『永楽院』のケシ畑には、緋毛氈《ひもうせん》をしきつめたように「禁断の花」が咲き乱れ、前年を上まわる量の阿片が製造された。

おかげで『巴屋』の売り上げは一挙に十数倍にふくれ上がった。文字どおり濡れ手

で粟《あわ》のぼろ儲けである。来年もケシの花は咲き乱れるだろう。このままいけば、江戸一番の薬種問屋にのし上がるのも夢ではなかった。

ところが、その年の九月……。

見果てぬ夢に酔いしれていた徳三郎とお勢に、突然、冷や水を浴びせるような知らせが届いた。千住の出店をまかせていた長次郎から、弥吉の身辺に探索の手が迫ったとの情報がもたらされたのである。まさに青天のへきれきだった。驚いた徳三郎は、二百両の金包みを持って土屋讃岐守の屋敷におもむき、事実の調査を依頼した。このときも土屋は、

「相分かった」

と、うなずいただけである。

十日後に、土屋家の用人・寺沢監物《けんもつ》がたずねてきて、

「探り手の正体がわかったぞ」

といった。その探り手が兵庫の父・清右衛門であることは言うを待たない。

「ご公儀の御鳥見役が……？」

「狩り場の見回り中に偶然〝あの花〟を見つけたのであろう。だが、案ずるにはおよばぬ。その男は当方がすでに始末した」

「さようでございますか」

「念のために、弥吉と申す薬売りの口もふさいでおいたほうがよかろう」

監物が冷然といった。眼光は剃刀《かみそり》のように鋭い。抑揚のない声で言葉をついだ。

「できれば江戸市中でことを構えたくない。弥吉はその方がおびき出してくれ」

「承知つかまつりました」

弥吉の役割は終わっていた。ケシの栽培法や阿片の製造法は、長次郎がすでに習得している。「ケシ畑」の秘密を守るためには、弥吉にも消えてもらわなければならない。

監物の意をうけて、翌日、徳三郎は本所三ツ目橋ちかくの弥吉の長屋をたずねた。

話を聞いて弥吉は飛びあがらんばかりに驚いた。

「あっしに探索の手が！」

「鳥見役の乾清右衛門という男だ。心当たりはないかい？」

「い、いえ、皆目……」

「お前さん、少しばかり派手に動きすぎたようだな」

「………」

弥吉は気まずそうに沈黙した。たしかに身なりにも金をかけたし、派手な茶屋遊びもした。そこに目をつけられたとしたら弁解の余地がない。

徳三郎が追い打ちをかけるようにいった。

「こうしている間も、どこかで見張られているかもしれないんだ」

「ま、まさか」

「ほとぼりが冷めるまで、しばらく江戸から姿を消してもらえないかい」

「そりゃ、かまいませんが……、三日ほど待ってもらえませんか」

「三日？」

「あいにく、あっしは道中切手を持ってねえんです。そいつを手に入れるには三日ぐらいかかるんじゃねえかと……」

「わかった。じゃ三日後ということで。……わたしの知り合いが、大坂の『橘屋《たちばなや》』という生薬屋《きぐすりや》につとめている。名前は松次郎、その男をたずねて行けばきっと力になってくれる。これは路銀だ」

と金子五両をおいて、徳三郎は長屋を出ていった。徳三郎が弥吉の姿を見たのは、それが最後だった。三日後、弥吉は深川門前仲町の茶屋女・お袖とともに芝口橋の上で無惨な死体となって発見されたのである。

それから半年あまりがたっていた。

あるじの利兵衛亡きあと、『巴屋』の身代と阿片密売による巨額の利益が、お勢の手にころがり込んできた。何もかもが順風満帆だった。土蔵の金箱には唸るほど小判が詰まっている。いずれその金で店を建て直し、『巴屋』を江戸一番の薬種問屋にするのがお勢と徳三郎の夢だった。

その夢がようやく現実になろうとしていた矢先、長次郎と『常磐屋』の庄左衛門が惨殺されるという事件が起きたのである。

一体誰が？　何のために？

どう考えてもその答えが見いだせなかった。ただ一つ確かなことは、阿片密売に直接関わっていた二人の男が殺された、という事実である。とすれば……、

「次にねらわれるのは……、わたしたちかもしれない……」

徳三郎の愛撫に身をゆだねながら、お勢があえぐようにいった。

「悪いようには考えないほうがいいですよ、お内儀《かみ》さん」

「けど……」

「いざとなれば、御前さまがわたしたちを守ってくれる」

そういいつつ、着物の下前をはぐり、お勢の秘所をやさしく撫であげた。

「抱いて……、強く抱いて」

お勢がもの狂おしげに徳三郎の体にすがりついた。そのまま横抱きにして畳の上に寝かせる。乱れた裾から肉付《しし づ》きのいい太股があらわになる。徳三郎も着物の前をひらいた。下帯をはずす。怒張した一物が撥条《ばね》のようにはじけ出た。尖端がそり返り、青筋がひくひくと脈打っている。お勢の片脚をもち上げた。股間にたくましいほど黒々

と秘毛が茂っている。

高々と持ち上げた脚の間に、片足を差し込み、股間と股間を密着させる。隆起した一物がはざまを割って、根元まで入った。

「あーッ」

と、あられもない声を発して、お勢がのけぞった。激しく腰をふる。忘れたい。何もかも忘れたい。心の中でそう叫びながら、お勢は忘我の底に沈んでいった。

5

じりっ……。

と、音を立てて燭台の灯がゆれた。

開け放った障子の間から、かすかに夜風が吹き込んでくる。その風に運ばれて、桜の花びらが数片、ひらひらと部屋の中に舞いこんできた。

勘定奉行・土屋讃岐守の居間である。

床の間を背にして、土屋がひとり黙然と朱杯をかたむけていた。酒を楽しんでいるという風情ではない。飲むたびに苦々しく顔をゆがめ、深い嘆息をついている。

長次郎と庄左衛門の殺害事件は、土屋の耳にも届いていた。もしそれが老中・田沼意次《おきつぐ》の配下の者の仕業だとすれば、いずれ探索の手が自分の身にもおよぶ恐れがある。

「まずいことになった……」

口の中でぶつぶつとつぶやきながら、土屋は苦々しげに朱杯を飲みほした。

老中支配の探索方といえば、大目付以外には考えられなかった。大目付は大名旗本を監察する役職で、職掌上、大名並みの待遇を与えられ、将軍に直訴できるほどの権限をもっていた。現代ふうにいえば、検事総長といったところである。

老中の田沼が、子飼いの大目付を動かして「反田沼派」の一掃を企んでいることは明らかだった。土屋も「反田沼派」の譜代旗本の一人である。これまでに小普請奉行、京都町奉行、作事奉行、そして勘定奉行と、幕府の要職を歴任してきたが、田沼意次が政権の座についてから「冷や飯」を食わされつづけてきた。

勘定奉行の定員は四名である。うち二名が勝手方で二名が公事方《くじがた》。田沼が重用したのは、勝手方の松本伊豆守と公事方の赤井越前守の二人だった。印旛沼《いんばぬま》の干拓事業や大川河口の中州《なかす》の埋め立て工事など、利権がらみの仕事はすべてこの二人にまかせられ、土屋にはいっさい声がかからなかった。その怨みと憎悪が鬱積《うっせき》している。酒を飲むと土屋は、

「あの成り上がり者が……」

口ぐせのようにそういって、田沼の出自を蔑《さげす》んだ。土屋家は三河以来の譜代旗本で

ある。それに比べると、田沼の出自ははるかに低かった。

田沼意次の父・意行《おきゆき》は紀州の出である。それもわずか三十俵取りの下級藩士にすぎなかった。藩主の吉宗が八代将軍の座についたとき、意行は吉宗に供奉《ぐぶ》して出府、享保四年（一七一九）に嫡男をもうけた。幼名、龍助《りゅうすけ》。のちの意次である。

幼いころから利発だった龍助は、十四歳のとき西の丸にあがり、吉宗の嫡子・家重《いえしげ》付きの小姓となって名を意次とあらため、三百俵を拝領した。十二年後の延享二年（一七四五）、吉宗が隠居し、家重が九代将軍となって本丸に移ると、同時に意次も本丸に移り、家重の寵任をえて、着実に出世の階段を上りはじめたのである。

家重が没したとき、田沼意次は四十三歳だった。『徳川実紀』によれば、家重は死の枕辺で、当時二十五歳になっていた十代家治《いえはる》に次のように遺言したという。

「田沼主殿頭《とのものかみ》意次を厚く待遇なし給ひけるが、惇信院《じゅんしんいん》殿（家重）御眷注《ごけんちゅう》深き人にて、大漸《たいぜん》（重態）にのぞませ給ひしとき、主殿はまとうど（全き人）のものなり。行々こころを添へて召し仕はるべきよし、御遺教ありしにより、至孝の御心よりなを登庸もなさるべしと」

この遺言をうけて、十代家治も特別に田沼を重用したのである。

そんな田沼を、譜代の旗本たちは、

「出自も低く、学問教養はなく、単に政界遊泳の術に長《た》けた小才子《こざいし》」

と、こきおろした。田沼の異例の出世に対する妬みといっていい。土屋が口ぐせのように吐き捨てる「成り上がり者め」という言葉にも同じ想いがこめられていた。

とはいえ、将軍家治の後ろ楯《だて》をえた田沼の権力は強大である。松平武元《たけちか》（館林六万一千石）、松平康福《やすよし》（浜田六万石）、松平輝高《てるたか》（高崎六万二千石）、阿部正右《まさすけ》（福山十万石）の四人の老中で幕閣を固め、飛ぶ鳥を落とすほどの権勢を誇っていた。

反田沼派の譜代大名・旗本も、その強大な権力の前では無力だった。田沼派の報復を恐れて面従腹背《めんじゅうふくはい》を決めこむありさまである。

――田沼憎し、されど怖し。

土屋讃岐守の胸中も複雑だった。万一、阿片密売一味との関わりが露顕《ろけん》したら、お役御免だけではすむまい。旗本の非違《ひい》を糾弾《きゅうだん》する幕府評定所は、田沼派が牛耳っている。最悪の場合、腹を切らされることにもなりかねない。

（ここで田沼に足元をすくわれたら、何もかもが水の泡だ）

腹の底で苦々しくつぶやきながら、三杯目の酒を飲みほしたとき、

「殿……」

廊下で声がした。

「監物《けんもつ》か……、入れ」

襖が開いて、用人の寺沢監物が入ってきた。軽く一礼して土屋の前に膝行《しっこう》する。土

屋が待ちかねたように顔をあげて訊いた。

「どんな様子だ?」

「手をつくして調べてまいりましたが、大目付が動いたという情報はまったく……」

「すると、一体何者が」

「乾清右衛門の仲間の仕業では……?」

「鳥見役か」

「証《あかし》はございません。それがしの推量です」

「いずれにせよ」

と脇息《きょうそく》にもたれて、土屋は大きく吐息をついた。

「そろそろ潮時だ。『巴屋』とは手を切ったほうがよかろう」

「御意にございます」

「あとのことは、そちにまかせる。よしなにやってくれ」

「かしこまりました」

監物の剃刀のように鋭い眼がきらりと光った。また軽く一礼して、つつっと膝退《しったい》すると、音もなく襖を開けて部屋を出ていった。

田沼意次が大川河口付近の中州《なかす》(俗に三股《みつまた》という)を埋め立てて、大歓楽街を造ったのは、安永元年（一七七二）である。総面積は九千六百七十七坪、茶屋九十三軒、男女入込湯《いれこみゆ》（混浴）三軒、夜店、見世物、揚弓場などが軒をつらね、湯女《ゆな》やけころ（私娼）らの脂粉、嬌声が町にあふれ、江戸屈指の盛り場として殷盛《いんせい》をきわめていた。

その町の一角の小さなそば屋で、森田勘兵衛は盛りそばを食いながら、狭山新之助がもどってくるのを待っていた。新之助は、中州の東はずれにある『四季庵《しきあん》』という料理茶屋に聞き込みに行っている。『四季庵』は中州一といわれる大きな料理茶屋で、夏になると軒端にずらりと並んだ提灯《ちょうちん》の明かりが大川の川面に映えて、さながら龍宮の城が浮かび出たような景観を呈したという。

この日、御書院番衆・高山修理亮《しゅりのすけ》殺害事件の探索に新たな進展があった。新之助が高山の女の素性を突きとめたのである。女の名はお駒。『四季庵』の酌婦だという。

「よし、その女に当たってみよう」

二人はすぐに中州に飛んだ。

新之助だけを聞き込みに行かせたのは、女に警戒されないためである。

二枚の盛りそばをぺろりと平らげ、三枚目を注文したとき、腰高障子が開いて、新之助が入ってきた。入れ違いに客が一人出て行き、店内は二人だけになった。新之助も盛りそばを注文して、勘兵衛の前に腰をおろした。

「ご苦労。どうだった？」

「…………」

新之助が眉宇《びう》をよせて首をふった。

「女に会えなかったのか」

「また先手を打たれました」

「先手？……どういうことだ？」

「四日前に身投げをしたそうです。その女」

「何だって！」

勘兵衛が達磨《だるま》のような目をさらに大きく見開いた。四日前といえば、高山が殺された翌日である。『四季庵』の番頭の話によると、その日の朝、永代橋の下流で、両足首を扱《しご》きで縛り、着物の両たもとに石を数個入れたお駒の水死体が発見されたという。

「町方は身投げだと断定したそうですが」

「違うな」

勘兵衛が険しい顔で首をふった。

「『四季庵』の番頭も身投げする理由は見当たらないといってました」

「女の家《やさ》は？」

「小網町《こあみちょう》三丁目だそうです」

「何か手掛かりがつかめるかもしれん。行ってみよう」

立ち上がりかけたところへ、亭主が盛りそばを運んできた。二人は急いでそばを腹に流し込み、代金を払って店を出た。

すでに陽は落ちていたが、西の空には、まだほんのりと薄明がにじんでいた。

大川端を西に向かって歩く。道の左側には武家屋敷の築地塀《ついじべい》がつらなっている。大名や大身旗本の下屋敷である。ほどなく行徳河岸《ぎょうとくがし》に出た。そこを右に折れると小網町である。

お駒の家はすぐに分かった。黒板塀をめぐらせた小さな平屋である。料理茶屋の酌女が一軒家に住むというのは異例のことだ。お駒はよほどの売れっ子だったのだろう。

四辺に人影がないのを確認すると、二人は素早く戸を引き開けて中に入った。三和土《たたき》の奥は六畳の部屋になっている。甘い脂粉の香りが部屋いっぱいにただよっている。

新之助が火打ち石を見つけ、行燈《あんどん》に灯をいれた。

火鉢、茶簞笥、鏡台などが整然と配置され、部屋の中はきれいに片づけられている。奥の襖をあけると、四畳半の部屋があった。寝間に使っていたのだろう。衣桁《いこう》にかけられた藤色の小紋の小袖が、生前のお駒のあでやかな姿をしのばせる。

「べつに変わった様子はありませんね」

新之助が部屋の中を見回しながらいった。

「いい女だったんだろうな。お駒って女は……」

「『四季庵』でも一、二を争う美形だったそうです」

「ふーん」

高山修理亮は、お駒の肉体に溺れて将軍世子・家基《いえもと》の暗殺に加担したのである。とすれば、お駒をそそのかした者がいるはずだ。勘兵衛がそういうと、

「あ、それで思い出しました」

新之助がはたと手を打った。

「お駒の馴染み客の一人に、正木誠四郎という侍がいたそうです」

「正木誠四郎！」

勘兵衛は思わず息をのんだ。数日前に組頭の刈谷軍左衛門と酒をくみ交わしたとき、軍左衛門がふと洩らした八重の交際相手、それが正木誠四郎だった。

「その男に心あたりでも？」

新之助がけげんそうに訊いた。

「いや、別に……」

お駒には、ほかにも馴染み客がいたはずだ。正木誠四郎はその中の一人である。それだけで疑いをかけるわけにはいかない。新之助の問いかけに、あいまいに応えると、勘兵衛は奥の四畳半に足を踏み入れて、押し入れを開け放った。夜具がきちんと畳んである。

(おや?)

勘兵衛の眼が一点にとまった。押し入れの天井板がわずかにずれている。背伸びして、その板をずらし、天井裏に手を差しこんでみた。

「何か?」

新之助がのぞき込んだ。

「ちょっと背中を貸してくれ」

「はい」

と四つん這いになる。勘兵衛はその背に乗って天井裏をまさぐった。指先に何かが当たった。それをつかみ取って、六畳の部屋にもどり、行燈の灯の下で見た。細長い桐油紙《とうゆがみ》の包みである。開いてみると、中に干からびた植物の根が入っていた。

「何ですか? これは……」

その問いには応えず、勘兵衛は犬のように鼻をひくつかせて臭いを嗅いだ。そして、根の先端を少しだけ噛んでみた。次の瞬間、顔をゆがめて噛んだ根の先をぺっと吐き出し、

「附子《ぶし》だ!」

と叫んだ。新之助にはその言葉の意味が理解できなかった。無理もない。「附子」とは「鳥兜《とりかぶと》」の漢方名だったのである。それを聞いて今度は新之助が仰天した。

「鳥兜！」

そう、あの猛毒のトリカブトである。

トリカブトの根の主成分は、アコニチン、ピパコニチン、エサコニチンなどのアルカロイド性で、きわめて毒性がつよく、致死量は三〜四ミリグラムといわれている。致死量以上を服用すると、呼吸中枢が麻痺して窒息死する。

「すると、高山はこの『附子』を大納言《だいなごん》さまの食事に……！」

「間違いない。これを見ろ」

勘兵衛が差し出した「附子」の根の一部には引き割《さ》いた痕跡があった。つまり、高山は「附子」の一部分だけを持ち帰り、残りをお駒の家に残していったのである。根の大きさから見て、高山が持ち帰った「附子」は十分致死量を満たしていたに違いない。現実に、家基は死んでいる。

「何者かがこの『附子』をお駒に渡し、お駒の手から高山に渡されたのだ」

もちろん、お駒はそれが猛毒のトリカブトであることを知っていたはずだ。知っていたからこそ、残りの「附子」を天井裏に隠したのである。

「お駒の口を封じた下手人は、とんだドジを踏んだようだな」

この家に「附子」の残りが隠されていたことを知らずに、お駒を殺害してしまい、結果的に有力な証拠を残してしまったのである。

「これで高山への疑いは九分九厘固まりましたね」

「うむ」

と、うなずいて、勘兵衛は「附子」の包みをふところにねじ込み、

「人目につくとまずい。行こう」

行燈の灯をふっと吹き消して、新之助をうながした。

第六章　斬奸刀

1

おぼろ月夜である。

吹き渡る川風に、柳の枝がさわさわとそよいでいる。

乾兵庫は、柳原《やなぎわら》の土手道を歩いていた。黒塗りの笠に木賊色《とくさいろ》の袖無し羽織、黒の軽衫《かるさん》、手甲がけという厳めしい身支度である。

時刻は亥の下刻（午後十一時）をまわっていた。

柳原の土手道には、その地名が示すとおり十丁にわたって柳並木がつづいている。

昼間はこの土手道に古着屋や古道具屋の床店《とこみせ》が立ちならび、買い物客で大変な賑わいを見せるが、陽が落ちると店をたたんで帰ってしまうために、夜はにわかに寂しくなる。それと入れ替えにこの土手に出没するのが、「夜鷹《よたか》」と呼ばれる最下級の淫売婦に黒茶の木綿《もめん》の着物に白桟留《しろサントメ》の帯、頭に白木綿の手拭いをかぶり、その端を口にくわえている。

「ねえ、旦那、遊んでいかないかい」

よしず掛けの床店の陰から、さっそく夜鷹が姿をあらわした。

「ねえ、旦那」

執拗にせまる夜鷹を無視して足早に通りすぎると、別の床店の陰から、また夜鷹が声をかけてきた。柳原は江戸でも有数の夜鷹の名所である。柳並木を抜けるまでに六、七人に声をかけられただろうか。ようやく前方の闇に両国広小路の町明かりが見えた。

兵庫が向かったのは、米沢町の『巴屋』だった。

ケシの栽培や阿片の密造を企んだのが『巴屋』の番頭・徳三郎であることは、長次郎の自白からもすでに明らかだったが、肝心の黒幕の正体が一向に見えて来なかった。父・清右衛門を殺害した下手人の探索も行き詰まっている。

(このまま手をこまねいていても埒《らち》が明くまい)

そう思って『巴屋』に乗りこむ決意をしたのである。

以蔵の話によると、『巴屋』の奉公人はほとんどが通い奉公で、住み込みの奉公人は手代一人と二人の女中だけだという。屋内に侵入したら、まず、その三人を縛りあげ、それからゆっくり徳三郎とお勢の口を割らせるつもりだった。

本所入江町の時の鐘が子の刻（午前零時）を告げはじめたとき、兵庫は『巴屋』の裏手の路地に立っていた。ふところから黒布をとり出して覆面をすると、刀の鞘の栗《くり》形《がた》から小柄を引きぬいて裏木戸の隙間に差しこんだ。

ほどなく、かたん、と音がしてかんぬきが外れた。木戸を押して庭に入る。母屋の明かりは消えている。家の中の間取りは、以蔵の情報で知っていた。

勝手口にまわり込み、板戸を引いて中に入った。暗闇に眼をこらす。台所の柱の掛け燭《じょく》が眼についた。土足のまま上がりこみ、掛け燭をはずして蠟燭《ろうそく》に火をつける。ぽっと淡い明かりが闇に散った。その明かりを頼りに廊下に出て、奉公人部屋に足を向けた。

一番奥が手代の部屋らしい。足音を消して部屋の前に忍びより、がらりと障子を開け放った。その瞬間、兵庫の総毛が逆立った。

手代らしき男が夜具の上に血まみれになって倒れていた。かっ、と両眼を見開いたまま虚空を見据えている。すでに虫の息だった。

（まさか！）

と思って、となりの部屋の障子を開けて見た。そこにも蘇芳《すおう》びたしの女の死体が二つ、ころがっていた。住み込みの女中たちである。二人とも寝巻のまま首をざっくり切り裂かれていた。夜具の上にはおびただしい血が飛び散っている。

兵庫は身をひるがえして奥の寝間に走り、一気に襖を引きあけた。

「！」

声を失った。

全裸の徳三郎とお勢が体をかさねたまま血まみれで死んでいた。

徳三郎の背中には刃物で刺された傷口があり、お勢は両膝を立てたままの姿で硬直している。情交中に何者かに襲われ、重なり合ったまま串刺しにされたのであろう。

見るも無惨な姿だった。兵庫は吐き気をもよおして思わず眼をそらした。

部屋の中は文字どおり落花狼籍《らっかろうぜき》の荒らされようである。畳には複数の足跡が残されていた。

（押し込みの仕業か）

一瞬そう思ったが、すぐに考え直した。

金目当ての押し込みなら、まず二人のどちらかを脅して、金箱の在りかを聞き出すはずだ。先に殺しておいて、部屋の中を物色するというのは道理に合わない。明らかに偽装だった。賊の目的が徳三郎とお勢の口封じであることは疑う余地もない。

次の刹那、兵庫の背筋に電撃のような戦慄がはしった。徳三郎の傷口から流れ出た血は凝結していない。ということは、殺されてまだ間がないことを示している。屋内に賊がひそんでいる可能性があった。

とっさに蠟燭の火を吹き消して、廊下に出た。闇の奥でコトリとかすかな物音がした。兵庫は廊下に片膝をついて、音の方向に眼をすえた。右手は刀の柄頭にかかっている。そのままの姿勢で息をひそめた。

敵が多数の場合、廊下で迎え討ったほうが有利である。包囲される心配がないし、壁や柱に邪魔されて敵の動きが制約されるからである。

廊下に片膝をついたまま、兵庫は神気を研ぎすまして敵の動きを探った。しだいに眼が闇になれてくる。棘《とげ》のような殺気が感じられた。

数瞬後、前方の闇が動いた。

（来る！）

と身構えた瞬間、背後から矢のように黒影が突進してきた。兵庫は立ち上がるなり、体を左右に開いて、抜く手も見せず両刀を水平に突き出した。前後から斬りかかってきた二つの影が、ほとんど同時に腹を刺しつらぬかれて仰向けにころがった。その死体を踏み越えて、居間の襖を蹴倒し、部屋の中に飛びこむ。

だだっ、と廊下に足音がひびき、二つの影が追ってきた。兵庫は居間の障子を体当たりで突き破り、濡れ縁の上でくるっと体を一回転させて庭に降り立つと、すかさず板塀を背にして両刀を構えた。

二つの影が怪鳥《けちょう》のごとく飛び出してきた。おぼろな月明かりに浮かんだその影は、黒布で面をおおい、袴《はかま》の股立《ももだ》ちをとった侍だった。庭の奥から別の二人が走りこんできた。

正面に二人、左右に一人ずつ、音もなく半円に兵庫を囲んだ。兵庫はわずかに足をすりながら右に移動した。両刀をだらりと下げたまま、剣尖は地をさしている。

しゃっ。

四人同時の斬撃がきた。手練《てだれ》の剣である。四人の呼吸が見事に合っていた。剣尖が標的に向かって一寸の狂いもなく集中する。まさに必殺の刀法だ。

だが、そこに兵庫の姿はなかった。斬撃と同時に身を沈め、右手の石灯籠《いしどうろう》の陰にとび込んでいたのである。その一瞬の動きの中で、右手の大刀が一人の脚を斬りはらっていた。なおも兵庫の動きはとまらない。跳びはねざまに、ふり向いた一人を脇差しで薙《な》ぎあげ、もう一人を大刀で袈裟がけに斬りおろした。

「おのれ！」

残る一人が怒声を発して斬りこんできた。横に跳んで切っ先をかわすと、すぐさま背後に回りこみ、刀の峰で肩口をしたたかに打ちすえて、すかさず男の太股に脇差しをぶち込んだ。切っ先が肉をつらぬいて地面に突き刺さった。これはしそんじたのではなく、逃走をふせぐための策だった。この男だけは生かしておかなければならぬ。

地面に縫いつけられた男は、その場にうずくまったまま、低くうめき声をあげている。

「貴様のあるじは誰なんだ？」

「………………」

男は応えない。うめき声も止まっていた。

「言え！」

片足で男の背中を蹴りあげた。すると、男の体は丸太のようにごろりと前のめりに転がり、そのままぴくりとも動かなくなった。とっさに襟首をつかんで引き起こした。手遅れだった。男の首すじから凄まじい勢いで血が噴き出している。ふところに忍ばせた短刀で喉をついたのである。

覆面を引きはがして顔を見た。三十五、六の壮年の侍である。悪党面ではない。見るからに律儀で誠実そうな面立ちをしている。

どこぞの旗本の給人《きゅうにん》であろう。家に帰れば妻や子がいるに違いない。この男は、一体誰のために、そして何を守るために、みずからの命を絶ったのか。

やり切れぬ想いで、男の太股に突き刺さった脇差しを引きぬいて鞘におさめると、兵庫はひらりと背を返して闇のかなたに走り去った。

小半刻後。

兵庫は上野池之端を歩いていた。

なぜか、このまま真っすぐ千駄木の組屋敷に帰る気がしなかった。

おぼろな月光が不忍池の池面に映えて、皓《しろ》く耀《かが》やいている。先刻の酸鼻《さんび》な光景が嘘のように静かでおだやかな夜である。

仲町の路地を左に折れた。時刻は三更（午前一時ごろ）に近い。いつもは酔客たちでにぎわうこの界隈も、すっかり人影が絶えて、森閑と静まり返っている。

『如月《きさらぎ》』の軒行燈《のきあんどん》も消えていた。店が閉まっていることは分かっていたが、無意識裏に足が向いていた。店の前までくると、格子戸の隙間からほのかに明かりが洩れているのが見えた。そっと戸を開けて中をのぞき込んだ。

店の奥の卓の前にお峰が座っていた。これから床につこうとしていたのか、長襦袢《ながじゅばん》の姿のまま、ぼんやり猪口をかたむけている。がらりと戸を引きあけて、中に足を踏み入れた。

「兵庫さま……！」

お峰がびっくりしたようにふり向いた。

「まだ起きていたのか」

「なんだか眠れなくて……、それより、どうしたんですか。こんな時分に」

「仕事の帰りだ。一杯飲ませてもらえんか」

「火を落としてしまったので、お燗《かん》はつけられませんよ」

「冷やでいい」

お峰が板場に去った。卓の前に座って手甲をはずし、腰の両刀をぬいて壁に立てかける。お峰が盆に銚子二本と漬物の小鉢をのせて運んできた。

「何もありませんけど」

「酒があれば何もいらぬ」

「どうぞ」

と、お峰が酌をする。それを一気に喉に流しこんだ。五臓六腑に冷や酒がしみわたる。

「人を斬ってきましたね」

お峰が卒然といった。悲しそうな面持ちをしている。

「なぜ、わかった？」

「そういう顔をしてます」

「…………」

「いつもの兵庫さまは、もっとやさしい顔をなさっているのに……」

「嫌いか？　人殺しは」

「……わたしの父も……、同輩に斬り殺されたんです」

はじめて聞く話だった。そういえば、兵庫はこの女の過去を何も知らなかった。五年ほど前まで深川で芸者をしていたと聞いたが、それも客の噂で知ったことである。

「同輩……、というと、お前の父親は侍だったのか？」

「御徒組《おかちぐみ》の……下っぱ侍ですけどね」

自嘲するようにいって、お峰は自分の猪口に酒をついだ。

御徒組とは、江戸城の中の口廊下や檜《ひのき》の間廊下に詰め、将軍出行のさいには儀杖《ぎじょう》と警護を行う役職である。二十組あり、各組に二十八人の御徒衆がいる。七十俵高五人扶持《ぶち》、御目見《おめみえ》以下の御家人である。お峰の父・中山宗八郎は、その御徒衆だった。

2

事件が起きたのは、十年前の明和六年の秋だった。

その日、非番だった宗八郎は、朋輩三人とともに組頭の屋敷に招かれて酒を馳走になった。その席上、ふだんから折り合いの悪かった三人に悪口雑言をあびせられた上、新調したばかりの羽織に酒を引っかけられるという屈辱的な仕打ちをうけた。

温厚な人柄の宗八郎は、それでも歯を食いしばって耐えていたが、図に乗った一人に「腰抜け」呼ばわりされるにおよんで、ついに堪忍袋の緒がきれ、いきなり抜刀してその男に斬りつけた。斬られた男もすぐさま反撃に転じ、宗八郎を一刀のもとに斬り捨てた。

　双方ともかなりの深手を負い、半刻後に死亡した。この事件の調査に当たった幕府は、先に斬りつけた宗八郎に非があるとして、中山家を改易処分にした。家名断絶、家禄召しあげである。幼いお峰と母親は組屋敷を追われて、神田花房町の裏店《うらだな》に移り住んだ。

「その母も心労がもとで肝の臓をわずらい、半年後に亡くなりました」

　お峰がうつろな眼で語る。

「親戚なんて、みんな冷たいものでした。わたしたち母娘を助けてくれるどころか、母の葬儀にも来てくれなかった……」

「そのとき、お前は……？」

「十四歳でした。……近所に親切な乾物屋さんがいて、その人のお世話で深川の料理茶屋で下働きをするようになったんです」

　そこで言葉を切ると、お峰は猪口に満たした酒をぐっとあおって、

「けど、わたし、死んだ父に同情してません」

　きっぱりといった。

「どんなわけがあろうと、人を斬った人間は必ずその報いを受けるんです……。本人

にとっては自業自得かもしれませんけど、結局、つらく悲しい思いをするのは、まわりの人たちなんです」

「…………」

「兵庫さまだって、いつかきっとその報いを……」

「おれが斬ったのは人間ではない。虫けらどもだ」

「…………」

お峰は反論しなかった。ただ悲しげに見返しただけである。兵庫はその悲しげな眼差しを感じていない。一点を見つめたまま、独語するようにぼそりといった。

「老子の言葉に〝兵は不祥《ふしょう》の器なり。天道これを悪《にく》む。やむをえずして、これを用う。これ天道なり〟……とある」

兵とは、すなわち弓矢や太刀などの不吉不祥の器物をいい、天道（天の理法）が、人を殺す器物を嫌うのが当然だが、しかし、やむをえず〝兵〟を用いて人を殺すことがあっても、これまた天道である、と老子は説く。

「おれは〝天の理法〟によって虫けらどもを斬っただけだ」

だから報いなど受けるわけがない、というのが兵庫の論法である。

「それが兵庫さまの仕事なんですか」

お峰が皮肉をこめていった。声に咎《とが》めるような鋭さがあった。

「仕事というより、おれの生き方だ。性分といってもいい。とにかく許せぬものは許せぬ。だから斬る。それだけのことさ」

「怖いお人……」

「お前が怖がることはあるまい」

「――まだ召し上がります？」

「うん？」

「お酒……。わたしは先にやすませてもらいます。お一人でどうぞごゆっくり」

「お峰」

腕をとってお峰の体を抱きすくめた。

「今夜は……、そんな気分になれません。ごめんなさい」

「おれがその気分にさせてやる」

いうなり、兵庫はお峰の口に唇をかさね、長襦袢の裾を払って股間に手を差し入れた。赤い蹴出《けだ》しの間から、白磁《はくじ》のようにつややかな太股が露出する。

「あっ、だめ……」

お峰がやるせなげに身を揉む。兵庫の指が秘所に食いこんでいた。中が熱い。一方の手で襦袢の襟元を押しひらく。白い、ゆたかな乳房がこぼれ出る。それを口にふくんだ。

「わたし……、怖いんです」

体をくねらせながら、お峰があえぎあえぎいう。

「何が怖い？」

「兵庫さまも、いつか……いつか父のように……誰かの手にかかって死ぬのではないかと」

「人は誰しも一度は死ぬ」

「でも、人に斬られて死ぬなんて……」

「案ずるな。おれはまだ死なん」

「死んじゃ嫌ですよ。死なないで」

子供のように泣きじゃくりながら、お峰は兵庫の胸にとりすがった。いつの間にか、長襦袢がはらりと肩からすべり落ちて、お峰は全裸になっていた。


東の空が白々と明るむころ、兵庫は千駄木の組屋敷にもどった。

何となく心も体も気だるかった。人を斬った手でお峰を抱いたことへの罪悪感が、兵庫の心をふさいでいた。風呂をわかすのも億劫《おっくう》になって、奥の寝間に行き、着物と軽衫《かるさん》をぬぎ捨てて、下帯のまま敷きっぱなしの布団にもぐり込んだ。そのときだった。

「兵庫、いるか」

玄関で軍左衛門の声がした。

あわててとび起きて着物を引っかけ、帯をしめながら玄関に走った。

「寝ていたのか」

「ええ、まあ……」

お上がり下さい、というのを待たずに、軍左衛門はずかずかと上がりこんで、居間に向かった。部屋に一歩入ったとたん、

「これは……！」

と息をのんだのは兵庫のほうだった。驚いたことに、火鉢の上で鉄瓶がしゅんしゅんと音を立てて湯気を噴き出している。家を出るときに、確かに火鉢の火は消していったはずなのだが……。呆気にとられて立ちつくしている兵庫に、

「半刻ほど前に、お粂《くめ》婆さんに頼んでおいたのだ。風呂もわいてる。入らなかったのか？」

軍左衛門がとぼけ顔でいった。お粂婆さんというのは、刈谷家の下働きの老婢のことである。火鉢のかたわらに急須や湯飲み、茶筒などをのせた丸盆がおいてある。これもお粂婆さんがととのえていったものであろう。半刻前に湯茶の支度をさせておいたということは、それ以前に、軍左衛門がたずねて来たということである。

火鉢の前に腰をおろして、兵庫が気まずそうな顔で訊いた。

「何か急用でも？」

「その前に、おぬしの首尾を聞かせてもらおうか」

逆に訊き返された。

「首尾……？」

「こんな時刻まで遊んでいたわけではあるまい」

見ぬかれていた。

「そろそろ煮詰まってきたのではないか」

「はあ……」

兵庫は茶をいれながら、下尾久村《しもおぐむら》の廃寺『永楽院』でケシが栽培され、大量の阿片が密造されていたこと、その阿片が千住の飯盛旅籠『常磐屋《ときわや》』を通じて密売されていたこと、そして昨夜、一連の事件の首謀者ともいうべき『巴屋』の番頭・徳三郎と内儀のお勢が何者かに殺害されたことなどを、順を追って細大もらさず報告した。

「なるほど、そんなからくりになっていたか……」

軍左衛門は深くうなずきながら、

「じつはな。大納言《だいなごん》さま暗殺の一件に関しても、有力な手がかりが見つかったのだ」

といって、ふところから桐油紙《とうゆがみ》の包みを取り出し、兵庫の前でひらいた。中には、例の干からびた根が入っていた。

「御書院番衆・高山修理亮《しゅりのすけ》が大納言さまの食事に盛った毒というのは『附子《ぶし》』、すなわちこのトリカブトだったのだ」

「トリカブト！……」

兵庫は瞠目した。

「しかし、これを一体どこで？」

「勘兵衛と新之助が高山の女の家で見つけてきた」

「何者ですか？　その女は」

「中州の『四季庵』という料理茶屋の酌女だ。おそらく、その女も誰かにそそのかされたのであろう」

兵庫の眼は、トリカブトの根ではなく、それを包んだ桐油紙に注がれていた。

桐油紙は、アブラギリ（トウダイグサ科の落葉高木）の種から採れた油を紙にひいたもので、雨合羽や町駕籠の屋根、包み紙など、紙の種類や染色によって、それぞれの用途が異なった。駕籠の屋根に使われるのは、おもに美濃紙を藍染《あいぞ》めにした桐油紙で、包み紙には仙花紙《せんかし》を青、赤、黄、茶とさまざまな色に染めたものが使われた。

トリカブトを包んだ桐油紙は、染色されていない仙花紙の白紙桐油である。『永楽院』の床下の木箱につめられていた阿片の包みも、まったく同質の白紙桐油だった。

「御支配……」

兵庫がゆっくり顔をあげた。

「このトリカブトの出所は『巴屋』ですよ」

「なに」

断定するだけの根拠があった。漢方の「附子」は、強精剤や中風などの薬に処方される。薬種問屋の『巴屋』に「附子」があっても不思議ではない。いや、あって当然なのだ。

「それに……」

と兵庫が言葉をつぐ。

「阿片を包んだ桐油紙もこれと同じ白紙桐油でした。ふつう桐油紙といえば茶色か青色と相場が決まってます。白紙桐油なんてそうざらにあるものじゃありません」

「そうか……、すると『巴屋』は大納言さま暗殺の一件にも関わっていた、ということになるな」

むろん『巴屋』が主体的に関わっていたとは思えない。何者かが『巴屋』を利用していたのだろう。

「もう一つ、気がかりなことがある」

腕組みをして、軍左衛門がためらうようにいった。額に縦じわをきざんだその顔には深い苦渋がにじんでいる。声も苦い。

「附子を隠し持っていたお駒と申す酌女の馴染み客の一人に……、じつは正木誠四郎がいたのだ」

「何ですって！」

「いや、それだけで疑いをかけるわけにはいかんが……」

軍左衛門がうめくようにいった。

兵庫は、その言葉の裏に、軍左衛門の苦渋の理由を読みとっていた。正木誠四郎への疑惑と、娘・八重との関係。この二つの事実のはざまで、信じるべきか、疑うべきか、軍左衛門は葛藤しているのである。

「お駒という女に事情《わけ》を糺《ただ》してみたらどうですか？」

兵庫がさり気なく訊いた。

「その女はすでに死んでいる」

「えっ」

「大川に身投げしたと聞いたが……」

違うな、といいたげに軍左衛門が首をふった。兵庫も同じことを考えていた。何者かがお駒の口を封じたに違いない。

「御支配」

ことりと湯飲みをおいて、兵庫が向きなおった。

「こうなったら、直接、誠四郎に当たってみましょう」

「素直に吐くかな」

「吐かせてみせます。腕ずくでも」

「しくじったら、おぬしの立場はないぞ」

「そのときは斬ります」

呆気にとられるほど無造作な応えだった。軍左衛門は思わず苦笑した。

「いいだろう。おぬしに〝影御用〟を命じたのはわしだ。おぬしの存念にまかせよう」

いいおいて出ていった。

玄関まで見送り、風呂場に向かった。軍左衛門がいったとおり、湯がわいていた。そのまま衣服を脱ぎすてて湯を浴びると、台所に行って冷や飯に茶をかけて腹に流しこみ、寝間の布団にもぐりこんだ。すぐ深い眠りに落ちていった。

3

上野池之端には、出逢茶屋《であいぢゃや》が多い。とくに不忍池の中之島弁才天のぐるりには、軒を接して大小の出逢茶屋が蝟集《いしゅう》していた。

〈しのばずの茶やで忍んだ事をする〉

〈不忍といへど忍ぶにいいところ〉

〈人の目を忍ぶが岡へ二人連れ〉


出逢茶屋の「出逢い」は密会、「茶屋」は貸し座敷の意味、つまり男女の密会場所をいう。現代のラブホテルである。未婚の男女はもちろんのこと、武家の奥女中や商家の内儀なども人目をしのんで利用した。武家屋敷内での情事や、既婚者の不義密通は重罪とされていた時代である。

〈出逢茶屋あやうい首が二つ来る〉


命がけで出逢茶屋に出入りしていた「あやうい」男女も少なくなかった。

池之端界隈の出逢茶屋は平屋造りが多いが、俗に「親土堤《しんどて》」とよばれる不忍池の南岸は、地盤もしっかりしているため、ひとかどの料理茶屋を想わせる瓦葺《かわらぶ》き二階建ての立派な出逢茶屋が立ちならんでいた。

その一角に『吾妻《あづま》』という出逢茶屋があった。これは本格的な二階造りではなく、二階の部屋の一部が池に張り出した中二階造りで、出窓から不忍池の四季折々の風光が楽しめる趣向になっていた。客用の座敷はすべて中二階にあり、一階は調理場、湯殿、便所、および茶屋の主人と奉公人の部屋になっている。二階座敷は四つあった。

その座敷の一つから、

「あっ、ああ……」

絶え入るような女のあえぎ声が聞こえてきた。ほのかな行燈《あんどん》の明かりが、緋緞子《ひどんす》の夜具の上でからみ合う男女の裸身を、妖しく、なまめかしげに浮かび立たせている。

正木誠四郎と八重だった。

誠四郎は丸太のような太い腕で八重の両脚を抱えこみ、股間に顔をうずめて秘所をねぶりまわしている。愛撫というより、まるで野良犬が獲物の股ぐらに食らいついているような荒々しさだ。八重の透き通るような白い裸身が歓喜に打ちふるえている。

誠四郎が中腰になった。隆々たる一物が天を突かんばかりにそり返っている。それを二度三度指でしごくと、八重の秘所にずぶりと挿入した。

「あーっ」

小さな悲鳴をあげて、八重がのけぞる。形のよい乳房がおののくように震えている。

誠四郎は八重の両足首をつかんで高々と持ちあげ、激しく腰をふった。

「あ、だめ……、だめ……」

子供がいやいやをするように首をふりながら、八重が狂悶する。

誠四郎の手が八重の腰にのびた。一物を引きぬいて軽々とかかえ起こし、八重の体を反転させる。うつ伏せになった。太股に手をまわして膝を立たせる。四つん這いの恰好だ。

「あ、それは……」

やめて下さい、と小さくいって八重が体を起こそうとすると、それを押さえつけて、いきなり後ろから一物を突き刺した。

「あっ！」

戦慄に似たものが八重の体を突きぬけた。無意識裏に尻をふっていた。誠四郎が犬のように息を荒らげて責めたてる。

八重は悲しかった。こんな恥ずかしい恰好をさせられながら、誠四郎の荒々しい性技に快感をおぼえている自分が悲しかった。だが、そう思ったのも一瞬だった。気の遠くなるような快感に、八重はあられもなく喜悦の声を発して尻をふっていた。

「は、果てる！」

突然、誠四郎が叫んだ。八重の中で一物がはち切れんばかりに膨張している。八重も極限に昇りつめていた。誠四郎があわてて一物を引きぬいた。八重の背中に白濁した精汁がドッと飛び散った。そのまま八重のかたわらにごろりと横になり、誠四郎は死んだように全身を弛緩《しかん》させた。八重がそっと手を伸ばして、萎《な》えた一物をやさしく愛撫しながら、

「誠四郎さま……」

耳もとでささやくようにいった。

「何だ？」

ぎろりと眼を開いた。白々しいまでに冷めた眼つきである。

「今度は、いつ……？」

「………」

誠四郎は無言のまま八重の乳房をつかみ、揉みしだいた。

「いつ逢えますか」

「次は……、ない」

「え？」

「今夜が最後だ」

「そんな……！」

大きな眼を見ひらいて誠四郎の顔を見た。誠四郎の手は乳房をもみつづけている。

「別れる、ということですか」

「そうだ」

「………」

誠四郎の手をはらいのけるなり、八重は枕元の長襦袢を引きよせて裸身をつつみ隠した。細い肩がかすかにふるえている。

誠四郎も起きあがって、手早く身支度をはじめた。気まずい沈黙が流れる。

「なぜ……?」

しばらくの沈黙のあと、八重が聞きとれぬほど小さな声で詰問した。

「正直にいおう。おれには末を約束した女がいる。勘定奉行・土屋讃岐守さまの娘御だ」

「………」

返す言葉がなかった。怒り、悲しみ、嫉妬、後悔、あらゆる感情が錯綜している。思考も混乱していた。自分の意思とは関わりなく、涙だけがとめどなくあふれ出てくる。

身支度をととのえた誠四郎が両刀を腰に差して、

「短い間だったが、楽しませてもらった。……これは茶屋代だ。払っておいてくれ」

チャリンと小判を二枚、八重の膝元に投げ捨てて、部屋を出ていった。

八重は、虚脱したようにうつろな眼で、布団の上にころがっている二枚の小判を見つめていた。滂沱《ぼうだ》の涙が白い頬をぬらしている。

正木誠四郎は家路を急いでいた。

池之端から茅町をぬけると、湯島の切り通しに出る。誠四郎の組屋敷は切り通しの坂上にあった。夜気が生ぬるい。いつの間にか白い靄《もや》が立ちこめていた。

（おれにも運がまわってきた）

歩きながら、誠四郎は腹の中でほくそ笑んでいた。来月、勘定奉行・土屋讃岐守の娘・綾乃《あやの》と祝言を挙げることになっていたのである。

綾乃は土屋家のひとり娘なので、事実上の養子縁組である。将来が約束されたようなものだった。土屋家の跡を継ぐことになれば、百五十俵高の小身から一足飛びに二千五百石の大身旗本へ大出世である。まさに〝逆玉の輿《こし》〟だった。

誠四郎がこの幸運をつかんだのは、単なる偶然ではなかった。昨年の九月、土屋家の用人・寺沢監物《けんもつ》が突然湯島の組屋敷にたずねてきて、

「その方の剣の腕を見込んで、ぜひ頼みたいことがある」

と内密の仕事を依頼してきた。鳥見役・乾清右衛門を密殺してくれというのである。くわしい事情は聞かされなかったが、

「これは御奉行からの直々の内命なのだ」

その一言が誠四郎の心を動かした。一介の勘定方に奉行から直接内命が下されるのは異例のことである。これを遂行すれば出世も夢ではない。

二日後、誠四郎はひそかに乾清右衛門を尾行し、下尾久村の枯れ野で斬り殺した。抜く間も与えぬ不意打ちだった。後日知ったことだが、その死体は『巴屋』が雇った

浪人たちが荒川に投げ捨てたという。

翌日、誠四郎は小石川片町の土屋の屋敷によばれ、土屋から慰労の言葉と酒肴のもてなしをうけた。そのとき初めて土屋のひとり娘・綾乃を紹介された。歳は二十二、とりたてて美人ではないが、大身旗本の子女らしい奥ゆかしさと気品をそなえた娘だった。誠四郎のような軽輩から見れば、文字どおり〝高嶺の花〟である。

土屋は、しごく上機嫌だった。手ずから誠四郎に酌をしながら、

「主殿頭《とのものかみ》（田沼意次《おきつぐ》）が老中の座についてから、金が仇の世の中になってしまったが、しかし、それを嘆いていてもはじまらぬ。毒を制するには毒、金を制するには金だ。その金を手に入れるために、わしは『巴屋』と手を組んだのだ」

ずばり本音を吐いた。そして、

「その方は信用できる。これからもわしのために働いてくれ」

最後にそういって、土屋は誠四郎の手を強くにぎった。熱い手だった。この瞬間に誠四郎は修羅の道を歩きはじめたといっていい。

それから一か月後、寺沢監物から二度目の仕事の依頼がきた。薬売りの弥吉殺しである。手はずは『巴屋』の番頭・徳三郎がすでにととのえたという。その手はずどおり、芝口橋で弥吉を待ちうけ、連れの茶屋女・お袖ともども斬り殺した。

三度目の仕事は『巴屋』のあるじ・利兵衛を闇に屠《ほふ》ることだった。それも難なくや

ってのけた。そのたびに土屋のふところには多額の金がころがり込んできた。むろん、誠四郎にもそれなりの成功報酬が渡された。中州の料理茶屋『四季庵』に足しげく通うようになったのは、ちょうどそのころだった。

土屋讃岐守から、おそるべき企てを打ち明けられたのは、今年の二月だった。田沼政権を倒すために、将軍世子・家基を暗殺するというのである。

「二月二十一日、大納言さまは品川に鷹狩りに出かけ、東海寺で中食をとられる。給仕役は御書院番衆の高山修理亮。その男を懐柔《かいじゅう》して大納言さまの食事に毒を盛らせる。その毒というのが……これだ」

と差し出したのは、白紙桐油につつまれた「附子」だった。

「『巴屋』から取り寄せたトリカブトだ」

誠四郎は色を失った。驚愕で膝頭がふるえている。

「どうだ?……高山修理亮を抱きこむために、もう一働きしてもらえぬか」

誠四郎が返事をためらっていると、土屋は決意をうながすようにこういった。

「この企てが成功したあかつきには、娘の綾乃をめとらせよう」

それを聞いた瞬間、誠四郎の脳裏に、中州の料理茶屋『四季庵』の酌婦・お駒の顔がよぎった。あの女なら金で動く。しかも男あしらいと閨房術《けいぼうじゅつ》は、吉原の太夫に優るとも劣らない。お駒の美貌と手管《てくだ》をもってすれば、高山を落とすのはそう難しいことではない。

誠四郎はその仕事を引き受けた。成功すれば土屋の娘・綾乃をめとることができる。危険な博突《ばくち》だったが、それに賭けるだけの価値は十分にあったたし、また成算もあった。

案の定、お駒は十両の金でころんだ。

「そのお侍さん、連れてきて下さいな」

と自信たっぷりにいう。さっそく下城の途中の高山に声をかけ『四季庵』にさそった。期待どおり、お駒は手もなく高山を籠絡《ろうらく》した。その後の顚末《てんまつ》は前述したとおりである。

4

——おれの手は血にまみれている。

歩きながら、誠四郎はふとおのれの手を見た。六人の人間を殺した手である。気のせいか手のひらが薄汚れているように見えた。

——この汚れた手で、おれは「運」をつかみとった……。

誠四郎の胸中には、むしろ誇らしげな思いがあった。汚濁にまみれたこの世に、正も邪も、義も不義も、道理も非理もない。「運」をつかみとった者だけが勝ち残れるのだ。

立ちこめる靄に月明が映えて、闇が白く耀やいている。

湯島の切り通しの下にさしかかったところで、誠四郎はふいに足をとめて前方に不審な眼をやった。白い靄の奥に黒影がにじんでいる。ほどなく、その影がくっきりと輪郭を現した。ひたひたとこっちに向かってくる。黒の塗り笠をかぶった武士である。

誠四郎の右手が刀の柄にかかった。三間ほど手前で武士が足をとめた。

「おれに何か用か？」

先に声をかけたのは、誠四郎だった。

「貴様に訊きたいことがある」

塗り笠の武士が低く応えた。と同時に、

「兵庫！」

誠四郎が驚声を発した。まぎれもなくそれは兵庫の声だった。塗り笠のふちを押しあげて、兵庫が射すくめるように誠四郎を見た。

「お駒という女を知っているな。中州の酌女だ」

「それがどうした？」

「その女に〝附子〟を渡したのは、貴様だな」

「ふふふ……」

誠四郎は薄く嗤笑《わら》って刀の柄から手を放し、挑発するように両手をひろげた。

「そこまで調べがついているなら、訊くことはあるまい」

「ねらいは何なのだ？」

「老中・田沼意次を失脚させる。……世直しのためにな」

「黒幕は誰だ？」

「その前に、おれのほうからも訊きたいことがある」

「………」

「鳥見役のお前が、なぜこんなことに首を突っこむのだ？」

「親父の仇を討つためだ」

「………！」

誠四郎の顔にかすかな動揺がはしった。

「『正木』と名乗る背の高い侍……。それが貴様だったのだ」

かしゃっ。

誠四郎が刀を抜いて剣尖を兵庫に向けた。青眼の構えである。

「訊きたいことはそれだけか？」

「黒幕の名をいえ」

「言えぬ、といったらどうする」

「斬る」

「おもしろい」

にやりと嗤って、右半身の八双に構えなおした。

しゃっ。

兵庫も抜刀した。切っ先をだらりと下げて地ずりに構える。地生《ちしょう》ノ剣の構えである。

「忘れたか、兵庫」

威嚇するように誠四郎が声を高めた。

「お前は、一度おれに負けている」

「十年も前の話だ。あれは子供の遊びにすぎぬ」

「遊びか……」

誠四郎が鼻でせせら笑った。

「ものは言いようだな」

「真剣の勝負は、勝ち負けではない。生きるか、死ぬかだ」

言いながら、兵庫はゆっくり剣尖をあげて中段に構えた。誠四郎がじりっと右足を踏み出す。一足一刀《いっそくいっとう》の間合いに入っていた。一歩出れば敵を斬ることができ、一歩下がれば敵の切っ先を外すことができる距離である。

須臾《しゅゆ》の対峙があった。

立ちこめていた靄がかすかにゆれた。

はっ。

無声の気合を発して、誠四郎が地を蹴った。ほとんど同時に兵庫も跳んでいた。二人の体が一瞬宙で交差し、それぞれが立っていた場所に入れ違いに着地した。瞬時、二人の動きが静止した。誠四郎は諸手《もろて》にぎりの刀を水平に突き出した恰好で、兵庫は左手に脇差し、右手に大刀をもったまま、背中を向けあって硬直している。

ぐらり。

揺れたのは誠四郎だった。前のめりに倒れかけた体を、地面に突き立てた刀がかろうじて支え、そのままずるりと片膝をついた。腹が横一文字に斬り裂かれ、その裂け目から白いはらわたがだらりと垂れ下がっている。

宙に跳んだ瞬間、振りおろされた誠四郎の刀を脇差しで受け止め、着地寸前に右手の大刀で腹を裂いたのである。脇差しを抜くのが少しでも遅れていたら、兵庫の頭蓋《ずがい》が叩き割られていただろう。文字どおり紙一重の勝負だった。

誠四郎はうつろな表情で、腹からはみ出したおのれの臓物を見つめている。まだ死んではいない。が、生きてもいない。混濁した意識の中で彼岸《ひがん》と此岸《しがん》の間をさまよっているに違いなかった。両刀を鞘におさめて、兵庫はゆっくり振り返った。

誠四郎が刀を支えにして、必死に立ち上がろうとしている。もがくたびに腹の裂け目からずるりとはらわたが垂れ落ちる。

「……行かなければならぬ……、はやく行かなければ……」

誠四郎が低くつぶやいた。

「行く?……どこに行くのだ?」

「祝言だ……綾乃どのが待っている」

「綾乃?」

「つ、土屋讃岐守の娘御……。おれの……妻だ……」

その一言で兵庫はすべてを察した。黒幕は勘定奉行の土屋讃岐守だったのだ。

「ふっふふふ……」

ふいに誠四郎が笑った。狂気の笑いだった。

「おれは……、おれは、この手で『運』をつかみとったのだ……。この手で!」

いうなり、腹の裂け目から無造作にはらわたをつかみ出した。腹部に溜まっていた血が堰《せき》を切ったようにドッと噴出した。人間の体内にこれほどの血があったのか、と眼を疑わせるほどの大量の血である。誠四郎の顔から笑みが消えていった。まるで紙風船がしぼんでいくように、緩慢《かんまん》な動きで前のめりに倒れこみ、地面の血だまりに顔を突っ伏した。顔のまわりでぶくぶくと血泡がわき立ったが、すぐにそれも消えた。

立ちこめた靄がかすかにゆれている。

兵庫の姿も消えていた。

千駄木の組屋敷にもどったのは、五ツ（午後八時）ごろだった。居間の障子にほんのりと明かりがにじんでいる。玄関に入ると、奥から以蔵が小走りに出てきて、ちらりと眼くばせした。

「どんな様子だ？」

兵庫が小声で訊いた。

「だいぶ落ちつきました」

「そうか」

この日の夕刻、以蔵に命じて、茶の湯の稽古に出かける八重を尾行させたのである。兵庫の読みどおり、八重は茶の湯の稽古の帰りに上野池之端の出逢茶屋『吾妻』に向かった。

以蔵から報告をうけた兵庫は、誠四郎の帰りを待ちうけるために湯島の切り通し坂に足を向け、以蔵はすぐ『吾妻』にとって返して、八重が出てくるのを待った。

先に出てきたのは誠四郎だった。それからしばらくして、八重が放心したように出てきた。以蔵の姿を見てひどく狼狽《ろうばい》する八重を、必死に説得して組屋敷に連れてきたのである。

「では、あっしはこれで……」

雪駄《せった》をはいて、以蔵がそそくさと出ていった。兵庫は居間に向かった。襖を開けると、火鉢の前に座っていた八重が、気恥ずかしげに眼を伏せて一礼した。

兵庫は腰の両刀をはずして、八重の前に着座した。

「以蔵から話は聞いたと思うが……」

「はい」

消え入りそうな声で、八重が応えた。

「わたしの父を殺したのは、誠四郎だったのです」

「…………」

「あなたに恨まれるかもしれんが……」

八重が顔をあげた。大きな眸《め》で兵庫を凝視した。

「誠四郎を斬りました」

「…………」

八重は無言でうなずいた。見ひらいた眸から大粒のしずくがぽとりとこぼれ落ちた。

悲しみの涙ではなかった。正木誠四郎という男の本性を見抜けなかった自分が情けなく、くやしかった。むろん誠四郎の死にはひとかけらの同情も憐憫《れんびん》もない。

「悪い夢……」

八重がぽつりといった。

「…………」

「わたし、悪い夢を見ていたんです」

「…………」

「やっと眼が醒めました」

八重が小さく微笑《わら》った。何かがふっ切れたような、晴れやかな笑顔である。兵庫も笑みを返した。それで十分だった。もう語るべき言葉は何もない。

「御支配が心配なさるといけない。そろそろ……」

と八重をうながした。


翌日、未《ひつじ》の中刻（午後二時）。

刈谷軍左衛門は、西之丸下の若年寄・酒井石見守《いわみのかみ》の役屋敷をたずねた。これまでの探索経過と、その結果を報告するためである。

酒井石見守は六十六歳の高齢である。風邪をひいたらしく、しきりに咳《しわ》ぶきながら、大儀そうに軍左衛門の話に耳をかたむけていたが、やがて話を聞きおえると、

「勘定奉行の土屋か……」

嗄れた声でぼそりとつぶやいた。

「御書院番衆・高山修理亮を指嗾《しそう》したのは、讃岐守の配下・正木誠四郎にございます。この者は手前どもがすでに始末いたしました」

「そうか」

なぜか気のない返事だった。

「土屋の件は、主殿頭どの（田沼意次）に言上するまでもあるまい」

「と申されますと？」

「わしの胸に留めておく。ついでに土屋も始末してくれ」

「！」

軍左衛門は唖然となった。「ついでに」とはどういうことなのか。土屋讃岐守は将軍世子・家基《いえもと》を暗殺した張本人である。評定所で事の真偽を吟味した上、しかるべき処断を下すのが筋であろう。「ついでに始末しろ」とはあまりにも無造作すぎる。酒井の真意を計りかねていると、

「じつはな……」

酒井が声をひそめていった。

「大納言さま暗殺の張本人はほかにいるのだ」

「ま、まことでございますか」

思わず声を張り上げた。酒井が口に指を当てて、声が高い、とたしなめる。

「失礼いたしました。で、その者とは、一体……」

「一橋刑部治済《ひとつばしぎょうぶはるさだ》どのだ」

「えっ」

軍左衛門は仰天した。尋常一様の驚きではない。眼をむいたまま絶句した。

一橋刑部治済――八代将軍・吉宗の意志で創設された御三卿（田安家・一橋家・清水家）の一家である。尾張・紀伊・水戸の、いわゆる徳川御三家に代る家格として、将軍家に世子が絶えた場合、この御三卿から養子が迎えられることになっていた。

一橋治済は、その機を待っていたかのように、おのれの嫡男・豊千代《とよちよ》（のちの十一代・家斉《いえなり》）を将軍家の養子に入れるべく、老中田沼意次に迫ったのである。権勢並ぶ者なき田沼といえども、相手は御三卿のひとつ、一橋家である。むげに拒否するわけにはいかなかった。

「さすがの主殿頭どのも、刑部どのの横車には困《こう》じておられる」

そういって、酒井は苦しげにゴホゴホと咳《しわ》ぶいた。

「それでしたら、なおのこと土屋讃岐守を評定所に召喚して、一橋家との関わりを明らかになされたほうが……」

軍左衛門がいった。

「いや、それをやったら藪蛇《やぶへび》になろう」

「藪蛇？……なぜでございますか」

「刑部どのは希代の策士だ。反田沼派の大名旗本を結集して土屋を擁護するに相違ない。その結果、もし嫌疑不十分となれば、逆に主殿頭どののお立場があやうくなる」

たしかに、正木誠四郎が死んだいまとなっては、土屋讃岐守と家基暗殺事件をむすびつける確証は何もない。

「さりとて、このまま土屋の所業を見過ごすわけにはまいらぬ。……刑部どのの野望を打ち砕くためにも、まず土屋を消しておかなければなるまい」

「…………」

「やってくれるか」

一拍おいて、軍左衛門が応えた。

「御下命とあらばぜひもございませぬ」

「うむ」

「では、手前はこれで」

と腰を上げると、

「軍左衛門」

酒井が呼びとめた。

「は」

「……これが政《まつりごと》なのだ」

ぼそりといった酒井の一言が、万鈞《ばんきん》の重みをもって軍左衛門の胸にずしりとひびいた。

5

夜になって、雨が降り出した。

烟《けむ》るような小ぬか雨である。

冬に逆もどりしたような冷たい烟雨《えんう》の向こうに、街明かりが寒々とにじんでいる。

時刻は、戌《いぬ》の上刻（午後七時）ごろ。

舟影の絶えた神田川の川面《かわも》を、音もなくすべるように遡行《そこう》していく一隻の猪牙舟《ちょきぶね》があった。

舟を押しているのは菅笠をかぶった以蔵である。音を立てぬために櫓《ろ》は使わず、水棹《みさお》を使っている。舟には兵庫、森田勘兵衛、狭山新之助が乗っていた。

三人とも黒の塗り笠をかぶり、黒革《くろかわ》の袖無し羽織に鈍色《にびいろ》の軽衫《かるさん》、黒革の手甲がけ、革草鮭《かわわらじ》ばきという厳重な身ごしらえである。

お茶の水の上水樋《じょうすいひ》をくぐり、水道橋にさしかかったころには、雨足がやや強まり、川面にさざ波が立ちはじめた。

「おあつらえ向きの雨だな」

塗り笠からしたたり落ちる雨滴を手ではらいながら、勘兵衛がにやりと笑って、黒雲に覆われた夜空を仰ぎ見た。

「どのあたりに着けやしょうか」

以蔵が小声で訊いた。

「水道橋の先で止めてくれ」

応えたのは、兵庫である。

「へい」

目指すは小石川片町の土屋讃岐守の屋敷である。水道橋をくぐって一丁ほど行ったところで、以蔵が舟を右岸に着けた。三人は舟から岸に飛び移り、雨すだれを切り裂くように闇のかなたに走り去った。

水戸邸の裏に出た。徳川御三家の上屋敷だけあって、さすがに敷地は広い。長大ななまこ塀が延々と闇の奥につづいている。その塀に沿ってさらに北に向かって走った。

このあたりは武家屋敷街である。つらなる甍《いらか》が雨に濡れて黒々と光っている。

片町の小路を走りぬけ、讃岐守の屋敷の裏手にまわった。

二千五百石級の旗本屋敷の敷地は三十三間四方、およそ千坪である。

家臣は軍役の侍が二十二、三人。ほかに草履《ぞうり》取りや馬の口取り、鋏箱《はさみばこ》持ちなどの中間《ちゅうげん》や足軽が十四、五人いる。女中や賄《まかな》いなどを入れれば、六十人ちかい大所帯だ。おもだった家臣は敷地内の侍長屋に住み、中間や足軽は表門長屋の大部屋に居住している。したがって裏門あたりは警備も手薄だ。

新之助が腰の刀をぬいて築地塀《ついじべい》に立てかけ、鍔《つば》に足をかけてひらりと塀を登った。下げ緒をたぐって刀を引き上げ、庭の欅《けやき》の巨木に跳んだ。猿《ましら》のように身軽で敏捷な動きである。

雨の奥に数棟の殿舎が見えた。ほのかに明かりをにじませた建物もあれば、一穂《いっすい》の明かりもなく、ひっそりと寝静まった建物もある。低い生け垣で仕切られた小径《こみち》にちらちらと明かりがゆれた。半合羽《はんがっぱ》をまとった二人の武士が龕燈《がんどう》を持って見回りに歩いている。

新之助は息をひそめて様子をうかがった。二人が通りすぎるのを待って、欅の枝に細引《ほそび》きをむすびつけ、塀の外に投げた。それを伝って、兵庫と勘兵衛がするすると築地塀をよじ登ってくる。

とん。

塀の内側に跳び降りた。身をかがめて植え込みの陰から陰へと走った。降りしきる雨は一向にやむ気配がない。三人にとってはもっけの幸いだった。この雨が足音を消してくれる。

垣根や板塀で仕切られた路地が迷路のように入り組んでいる。

二千石以上の大身旗本の屋敷は、大名屋敷の規模を小さくしたようなもので、殿舎は表と奥の二つに区別されていた。表には来客、用談、事務などの部屋があり、女はいっさい足を踏み入れない。奥は主人の妻や女中たちの居住場所で、主人の家族以外の男は立ち入ることができなかった。

表殿舎の書院の庭に出た。百坪ほどの庭である。小さな池があり、朱塗りの太鼓橋があり、入母屋造りの瀟洒《しょうしゃ》な東屋《あずまや》があった。そのまわりに手入れの行き届いた植木や奇岩巨石が見事な調和で配されている。

三人は巨石の陰に身をひそめた。

書院の障子が白く光っている。部屋の前の廊下に警護の武士が五人、身じろぎもせず座っている。白く光る障子には二つの影が映っていた。

しばらく様子をうかがっていると、ふいに障子がからりと開いて、初老の武士が姿を現した。用人の寺沢監物である。

「変わりはないか」

と警護の武士に声をかけた。

「はっ」

「念のために庭も見回ってきたほうがよいぞ」

「承知つかまつりました」

監物はふたたび部屋にもどった。

正木誠四郎が殺されたことは、すでに監物の耳にも届いているのだろう。異常とも思えるこの厳重な警備は〝刺客〟の侵入をふせぐための備えに違いなかった。

五人の武士は、顔を寄せて何事かささやき合うと、やおら三人が立ち上がり、龕燈を持って庭に降り立った。一人が池のほうへ、一人が東屋のほうへ、そしてもう一人がこっちに向かってゆっくり歩いてくる。

（どうする？）

と勘兵衛が眼顔で兵庫に問いかけた。

（殺《や》るしかあるまい）

兵庫も眼で応えた。それを受けて、勘兵衛と新之助が巨石の陰から身を躍らせ、闇に走った。勘兵衛は東屋の腰板の陰に、新之助は池のほとりの植え込みの陰に身を隠して、見回りの武士がくるのを待ちうけた。

最初に動いたのは勘兵衛だった。龕燈のするどい明かりが東屋の中に射しこんだ瞬間、腰板の陰から矢のように飛び出し、抜きつけの一閃をはなった。電光石火の早業である。武士は喉をかき切られ、声もなく倒れ伏した。おびただしい血潮が勘兵衛の全身に飛び散ったが、すぐに雨が洗い流してくれた。

池のほとりでは、龕燈の明かりをやり過ごした新之助が、武士の背後にまわりこみ、脇差しで頸《くび》の血管《ちくだ》を裂いていた。聞きとれぬほど、かすかなうめきを上げて、武士は新之助の腕の中でずるずると崩れ落ちていった。

一方、巨石の陰に身をひそめていた兵庫は、接近してくる武士との間合いを見計らい、いきなり下から刀を突きあげて、武士の喉を刺しつらぬいた。必殺の刺突《しとつ》の剣である。切っ先は喉首をつらぬき、盆《ぼん》の窪《くぼ》に突きぬけていた。武士は上体をのけぞらせて両膝をつき、そのまま仰向けにころがった。ほとんど即死である。

庭の三か所で、ほぼ同時に展開された「一人一殺《いちにんいっさつ》」の光景は、書院の廊下に座している二人の警護の武士の眼には映らなかった。降りしきる雨と深い闇、そして植え込みの木立が彼らの視界を閉ざしていたからである。

巨石の陰の兵庫のもとに、勘兵衛と新之助が身を屈して走りこんできた。兵庫が書院の廊下を指さして、

（あの二人も殺《や》るか？）

と眼顔で問いかけると、

（いや）

勘兵衛がかぶりをふって、ふところから細い筒を取り出した。呉竹《くれたけ》に黒漆《くろうるし》をかけ

た八寸ほどの長さの筒である。これは御鷹様の餌となる小鳥を獲るための吹き針の筒だった。

兵庫は知らなかったが、数ある鳥見役の中でも、この吹き針を使えるのは勘兵衛をおいてほかにはいなかった。飛んでいる雀《すずめ》を射止めるほどの名手だという。

勘兵衛は、油紙につつんだ針を取り出して、筒に入れた。その針の先には猛毒の斑《はん》猫《みょう》が塗ってある。筒の端を口にくわえ、ふっと吹くと、すぐさま別の針を装塡して、また吹いた。

筒から放たれた二本の針は、書院の廊下に座っている二人の警護の武士の左胸に突き刺さった。その瞬間、二人はぴくっと眼をむいたが、そのまま二度と瞼《まぶた》を閉じることはなかった。全身が石のように固まっている。

「讃岐守はお前にまかせる」

勘兵衛が兵庫の耳もとでささやいた。兵庫は大刀を抜きはなって、その下げ緒を解き、柄をにぎった手に巻きつけた。濡れた手がすべるのをふせぐための備えである。下げ緒を巻きながら、兵庫はあらためて父の無念を想った。

父・清右衛門を殺した直接の下手人は正木誠四郎である。だが、それを命じたのは上役の土屋讃岐守にちがいなかった。土屋こそが一連の事件の黒幕であり、父の仇なのだ。

「では……」

と小声でいって、兵庫が決然と立ち上がった。巨石の陰から歩を踏み出し、書院に向かってゆっくり歩きはじめた。ぱらぱらと音を立てて雨滴が塗り笠にはじける。沓《くつ》脱《ぬ》ぎから廊下にあがる。書院の障子をそっと開けて、中をのぞき見た。

土屋讃岐守と用人・寺沢監物が碁を打っている。かたわらの燭台の灯がわずかに揺れた。それに気づいて監物がふり向いた。その瞬間、
がらり。

障子を開けはなった。

「な、なにやつッ！」

監物が叫びながら、床の間の刀架けに手をのばした。同時に兵庫が畳を蹴った。叩きつけるような一刀が監物の脳天を打ちくだいた。ぎゃっ、と奇声を発して監物がころがった。土屋がおろおろと立ち上がり、

「き、貴様……、田沼の刺客か！」

かすれた声でいった。

「誰の差し金でもない。鳥見役・乾清右衛門の仇討ちだ」

「お、おのれ」

口に手を当てて、出会え、出会え、と叫ぼうとしたが、その叫びは声にならなかっ

た。薙ぎあげた兵庫の刀が土屋の首をはねていた。胴を離れた首は、天井に当たってはね返り、ごろんと畳の上に落下した。畳一面がたちまち血の海と化した。

返す刀で燭台の百目蠟燭《ひゃくめろうそく》を切り落とした。転瞬、部屋の中は闇に領された。廊下に出る。奥のほうに明かりが流れた。物音を聞きつけて家臣が駆けつけてきたのだろう。

廊下から庭に跳びおり、巨石の陰に走った。勘兵衛と新之助の姿はなかった。裏門に向かって走った。走りながら、右手に巻きつけた下げ緒をほどいて、刀を鞘におさめた。背後で入り乱れた足音が聞こえる。怒声や叫喚が錯綜している。

雨はまだ降りつづいている。

闇の奥にさっきの欅の木が見えた。新之助がむすんでいった細引きが垂れ下がっている。それを伝って木によじ登り、築地塀の外に跳んだ。

上野大仏下の時の鐘が四ツ（午後十時）を告げている。

兵庫は池之端を歩いていた。降りしきる雨が濡れた体に容赦なく叩きつけている。おかげで大量にあびた返り血は、きれいに洗い流されていった。水をたっぷりふくんだ黒革の袖無し羽織が重く両肩にのしかかっている。革草鞋をはいた足も鉛のように重い。

仲町の路地には、まだちらほらと明かりが灯っていた。

無意識裡に『如月』に足が向いていた。軒端の掛け行燈に灯がともっている。店内に客がいるらしく、男の話し声にまじって、お峰の笑い声が聞こえてきた。

兵庫はハッと我に返った。

いつの間にここへきたのか、自分でも分からなかった。心にざわざわと波が立った。先夜も人を斬ったあと無意識裏に『如月』に足を向け、血で汚れた手でお峰を抱いてしまった。そのことへの深い悔恨と罪の意識が、棘《とげ》刺すようにおのれの胸を責めている。

しばらく戸口に立って逡巡したが、思い直して、くるりと踵を返した。

「どなた?」

中から声がした。

「どうぞ、お入り下さいな」

格子戸がからりと開いて、お峰が出てきた。兵庫の姿はなかった。

蕭々《しょうしょう》と雨が降りつづいている。板庇《いたびさし》から絶えまなく雨だれが落ちてくる。肌寒くて、心細くなるような冷たい雨。

「おかしいわね。たしかに誰かいたような気がしたんだけど……」

ひとりごちながら、お峰は寒そうに肩を抱いて店の中にとって返した。

本書は、二〇〇一年六月、幻冬舎文庫から刊行された『闇の華
鳥見役影御用二』を改題し、加筆・修正し、文庫化したものです。

文芸社文庫

禁断の華　鳥見役影御用

二〇一八年四月十五日　初版第一刷発行

著　者　黒崎裕一郎
発行者　瓜谷綱延
発行所　株式会社　文芸社
〒一六〇－〇〇二二
東京都新宿区新宿一－一〇－一
電話　〇三－五三六九－三〇六〇（代表）
〇三－五三六九－二二九九（販売）
印刷所　図書印刷株式会社
装幀者　三村淳

ISBN978-4-286-19687-9